RIGHT WORD

NIGHT WORLD

L. J. Smith

NIGHT WORLD

2 Les Soeurs des Ténèbres

Traduit de l'anglais (États-Unis)
par Florence Mantran

Michel LAFON
POCHE

Déjà paru

Night World, tome 1 : *Le secret du vampire*

À paraître

Night World, tome 3 : *Ensorceleuse*
Night World, tome 4 : *Ange noir*
Night World, tome 5 : *L'élue*
Night World, tome 6 : *Âmes sœurs*
Night World, tome 7 : *La chasseresse*
Night World, tome 8 : *Le royaume des Ténèbres*
Night World, tome 9 : *La Flamme de la sorcière*
Night World, tome 10 : *Étrange destin*

Titre original
Daughters of Darkness
© Lisa J. Smith, 1996.

© Éditions Michel Lafon, 2010, pour la traduction française.
© Michel Lafon Poche, 2012, pour la présente édition.
7-13, boulevard Paul-Émile-Victor – Île de la Jatte
92521 Neuilly-sur-Seine Cedex
www.lire-en-serie.com

NIGHT WORLD

JAMAIS IL N'A ÉTÉ AUSSI DANGEREUX D'AIMER

Le Night World ne se limite pas à un endroit précis. Il nous entoure. Aux yeux des humains, les créatures du Night World sont belles, mortelles et irrésistibles. Un ami proche pourrait en faire partie – la personne que vous aimez aussi.

Les lois du Night World sont très claires : sous aucun prétexte son existence ne doit être révélée à qui que ce soit d'extérieur. Et ses membres ne doivent pas tomber amoureux d'un individu de la race humaine. Sous peine de conséquences terrifiantes.

Voici le récit de ce qui arrive à ceux qui enfreignent ces lois.

À la mémoire de
John Manford Divola.

Et pour Julie Ann Divola,
la meilleure des meilleures amies.

1

– Rowan, Kestrel et Jade, déclara Mary-Lynnette alors qu'elle et Mark passaient devant l'ancienne ferme victorienne.

– Hein ?

– Rowan, Kestrel et Jade... ce sont les filles qui viennent d'emménager ici.

Les bras chargés d'une chaise de jardin, Mary-Lynnette indiqua la ferme d'un signe de tête.

– Les nièces de Mme Burdock, tu ne te rappelles pas ? Je t'avais dit qu'elles venaient s'installer chez elle.

– Si, vaguement, répondit Mark en réajustant sur son épaule le poids du télescope qu'il transportait tandis qu'ils grimpaient la colline buissonneuse.

Il s'exprimait sèchement, ce qui, selon Mary-Lynnette, trahissait un manque de confiance.

– De jolis noms..., dit-elle. Et, d'après ce que prétend Mme Burdock, ce sont de gentilles filles, aussi.

– Cette vieille est folle.

– Non, elle est juste un peu excentrique. Elle m'a dit hier que ses nièces sont toutes très jolies. Je sais bien que ce n'est pas très objectif, mais elle a vraiment insisté : chacune est splendide et a son propre style.

– Alors elles devraient aller en Californie, marmonna Mark d'une voix presque inaudible. Elles devraient poser pour *Vogue*... Où est-ce que je mets ça ?

Ils venaient d'atteindre le haut de la colline.

– Ici, répondit Mary-Lynnette après avoir posé la chaise.

Du pied, elle repoussa un peu de terre afin que son télescope repose bien à plat sur le sol, puis elle lâcha sur un ton tranquille :

– Tu sais, je crois qu'on devrait aller les voir demain, pour se présenter – une façon de les accueillir, tu vois...

– Mais, tu vas arrêter ? C'est à moi d'organiser ma vie, non ? Si je veux rencontrer une fille, je saurai comment faire. Je n'ai pas besoin qu'on m'aide.

– D'accord, d'accord, tu n'as besoin de personne. Fais attention avec ce viseur...

– Et puis, qu'est-ce qu'on va leur dire ? continua-t-il, indifférent à sa mise en garde. « Bienvenue à Briar Creek, où il ne se passe jamais rien ; où il y a plus de coyotes que d'habitants ; où, si on veut vraiment s'éclater, on peut aller en ville voir les courses de souris, le samedi soir, au Gold Creek Bar... »

– OK, OK, soupira-t-elle.

Elle considéra son jeune frère, dont le visage se teintait d'ocre sous les derniers rayons du soleil. À le voir à cet instant, jamais on n'aurait pu imaginer qu'il avait été malade. Ses cheveux étaient aussi noirs et luisants que ceux de sa sœur, ses yeux aussi bleus, clairs et intenses. Et, comme elle, il avait le teint hâlé et lumineux.

Pourtant, dans son enfance, sa maigreur faisait peine à voir, et le seul fait de respirer exigeait de lui un effort surhumain. Son asthme était si féroce qu'il avait passé la plus grande partie de sa deuxième année sous une tente à oxygène, luttant pour rester en vie. Mary-Lynnette, de dix-huit mois son aînée, se demandait tous les jours quand il reviendrait à la maison.

Le fait d'être seul sous cette tente où sa propre mère ne pouvait le toucher l'avait radicalement changé, et ce fut un garçon timide et apeuré qui en sortit, qui resta ensuite en permanence pendu aux basques de sa mère. Et, durant des années, il fut incapable de pratiquer un sport comme les autres garçons de son âge. Tout cela appartenait au passé, bien sûr – Mark allait entrer au lycée cette année –, mais il restait néanmoins craintif. Et, lorsqu'il était sur la défensive, il montrait les crocs.

Mary-Lynnette espérait que l'une de ces trois filles sympathiserait avec lui, qu'elle le distrairait un peu, lui donnerait confiance. Peut-être elle-même pourrait-elle organiser une rencontre...

– À quoi tu penses ? lui demanda-t-il d'un air soupçonneux.

– Oh... au panorama auquel on va avoir droit ce soir. Août, c'est le meilleur mois pour observer les étoiles ; l'air est tellement chaud et calme. Hé, regarde, voilà la première ; tu peux faire un vœu.

Cherchant à lui ôter ses soupçons, elle lui indiqua un point brillant au sud, juste au-dessus de l'horizon. Distrait, Mark leva les yeux, comme elle l'espérait, et regarda à son tour.

Elle considéra sa nuque brune et murmura pour elle-même : *je fais pour toi le vœu que tu vives une belle aventure.*

Pour moi aussi..., songea-t-elle. *Mais, à quoi bon ? Il n'y a personne, ici, avec qui vivre une histoire d'amour.*

Aucun des garçons de l'école – sauf peut-être Jeremy Lovett – ne comprenait pourquoi elle s'intéressait à l'astronomie ni ce que représentaient pour elle les étoiles. Le plus souvent, elle s'en moquait, mais parfois, elle ressentait comme une vague douleur à la poitrine. Le désir... de partager. Oui, si elle devait faire un vœu, ce serait pour cela ; pour avoir quelqu'un avec qui partager la nuit.

Mais, quelle importance ? Cela ne lui apportait rien de ressasser ces idées. Et puis, même si elle ne jugeait pas utile de le préciser à Mark, ce n'était pas devant une étoile qu'ils faisaient un vœu mais devant la planète Jupiter.

Mark secouait la tête en martelant d'un pas rageur le sentier qui serpentait entre les buissons de ciguë et de chèvrefeuille. Il aurait dû s'excuser auprès de Mary-Lynnette avant de partir – il n'aimait pas être méchant avec elle. En fait, c'était même la seule personne avec qui il s'efforçait d'être correct.

Mais pourquoi passait-elle son temps à s'occuper de lui ? Au point d'aller formuler un vœu sous les étoiles… De toute façon, il n'en avait pas fait. *Si je devais en faire un,* pensait-il – *ce que je ne ferai jamais, parce que c'est bidon et nul –, ce serait juste qu'il m'arrive quelque chose d'excitant, ici.*

De vivre quelque chose de fascinant… Saisi d'un frisson, il continua de redescendre la colline dans l'obscurité qui s'épaississait.

Jade observait au sud le point de lumière immobile et scintillant sur l'horizon. Une planète, elle le savait. Les deux dernières nuits, elle l'avait vue se déplacer dans le ciel, accompagnée des fines têtes d'épingle lumineuses qui devaient être ses lunes. Là d'où elle venait, personne ne faisait de vœu sous les étoiles, mais cette planète lui apparaissait comme une amie – une voyageuse, un peu comme elle. Et, tout en la contemplant, elle sentit un puissant espoir naître en elle. Un espoir qui prenait presque la forme d'un vœu.

Jade devait admettre que la situation ne s'annonçait pas vraiment bien. La nuit était trop calme ; il n'y avait pas le moindre son de voiture alentour. Elle était lasse, inquiète et commençait à avoir très, très faim.

Elle se tourna vers ses sœurs.

— Alors, où est-elle ?

— Je ne sais pas, répondit Rowan d'une voix résolument douce. Un peu de patience.

— On pourrait peut-être se lancer à sa recherche.

— Hors de question. Rappelle-toi ce qu'on a décidé.

— Elle a peut-être oublié qu'on venait, déclara Kestrel. Je t'avais dit qu'elle devenait sénile.

— Arrête de parler comme ça. Ce n'est pas poli, reprit Rowan, avec autant de douceur mais entre ses dents, cette fois.

Rowan parvenait toujours à être douce quand elle s'y efforçait. Âgée de dix-neuf ans, longue, mince et altière, elle avait les yeux noisette et une souple chevelure auburn qui lui tombait en cascade dans le dos.

Kestrel avait dix-sept ans, et ses cheveux couleur vieil or lui encadraient le visage comme les ailes d'un oiseau. Son regard d'ambre était aussi acéré que celui d'un faucon, et, à la différence de son aînée, elle pouvait se montrer très dure quand il le fallait.

Jade, la plus jeune, venait de fêter ses seize ans et ne ressemblait en rien à ses sœurs. De ses cheveux blonds aux reflets argentés, elle se faisait un voile derrière lequel elle dissimulait ses prunelles émeraude. Les gens disaient qu'elle paraissait sereine, mais jamais elle n'éprouvait la moindre sérénité. Elle se sentait soit surexcitée, soit, au contraire, malade d'angoisse et perdue.

Et, en ce moment, c'était l'anxiété qui la rongeait. Elle était obsédée par sa valise de cuir vieille d'au moins un demi-siècle, et dont il semblait ne sortir aucun son.

— Et si vous descendiez toutes les deux sur la route pour voir si elle arrive ? suggéra-t-elle.

Rowan et Kestrel étaient rarement d'accord sur les mêmes points, mais en ce qui concernait Jade, oui. Et celle-ci voyait bien maintenant qu'elles étaient prêtes à se monter contre elle.

— Et puis quoi, encore ? demanda Kestrel.

— Je te vois venir, Jade, enchaîna Rowan. Qu'est-ce que tu as dans la tête ?

Jade s'efforça de calmer ses pensées et afficha un air qui se voulait ingénu.

Elles balayèrent la rue des yeux, échangèrent un regard puis abandonnèrent.

— Je crois qu'on va devoir marcher, dit Kestrel à Rowan.

— Il y a pire que marcher, rétorqua celle-ci en repoussant une mèche auburn de son front.

Elle considéra les trois parois vitrées et le banc de bois qui constituaient l'arrêt de bus, puis marmonna :

– Si au moins il y avait un téléphone.

– Laisse tomber, il n'y en a pas. Et on est à trente kilomètres de Briar Creek, reprit Kestrel, ses yeux d'ambre luisant d'une satisfaction cruelle. On va devoir laisser nos sacs ici.

– Non, non ! s'alarma soudain Jade. J'ai tout mon… tous mes habits dedans. Allez, trente kilomètres, ce n'est pas si terrible.

D'une main, elle attrapa la cage de son chat – une caisse faite maison à l'aide de planches et de fil de fer – et, de l'autre, sa valise, puis se mit en route.

Elle avait déjà parcouru une bonne distance lorsqu'elle perçut un bruit de pas derrière elle. Ses sœurs s'étaient décidées à la suivre ; Rowan lâchait des soupirs patients, et Kestrel riait doucement, sa chevelure dorée brillant sous le ciel à présent étoilé.

Bien que sombre et déserte, la route était loin d'être silencieuse avec les mille petits bruits qui ponctuaient la nuit en une harmonieuse mélodie. Une atmosphère qui aurait pu paraître agréable… si la valise de Jade n'avait pas semblé s'alourdir à chacun de ses pas, et si elle ne s'était pas sentie aussi affamée. Une faim atroce, qu'elle se gardait bien de révéler à ses sœurs, mais qui ne faisait qu'ajouter à sa confusion et à sa faiblesse.

Sur le point de poser sa valise pour souffler un peu, Jade entendit un son différent des autres.

Celui d'une voiture qui approchait derrière elles. Le bruit du moteur était si puissant qu'il lui sembla mettre une éternité pour arriver à leur hauteur. Mais, lorsque le véhicule les dépassa, la jeune fille comprit qu'il allait en fait très vite. Il y eut alors un crissement de pneus, et la voiture stoppa... avant de reculer vers elles, laissant Jade apercevoir derrière la vitre un garçon qui la regardait.

Un autre était assis à ses côtés, sur le siège passager. Elle les considéra d'un air curieux.

Ils paraissaient avoir l'âge de Rowan, et tous deux avaient le teint particulièrement sombre. Celui qui conduisait avait des cheveux blonds qui semblaient manquer cruellement d'un bon shampooing. L'autre était brun, portait une veste sur son torse nu et serrait un cure-dent au coin de la bouche.

Tous deux jetèrent sur Jade un regard aussi curieux que le sien. Puis la vitre du conducteur s'abaissa avec une rapidité qui la fascina.

– On vous dépose quelque part ? proposa-t-il avec un sourire étincelant.

Le blanc de ses dents contrastait incroyablement avec son visage crasseux.

Jade se tourna vers Rowan et Kestrel qui la rejoignaient à peine. Sans rien dire, cette dernière observa la voiture d'un regard méfiant tandis que Rowan gardait un air doux et tranquille.

– On aimerait bien, fit-elle en souriant. Mais c'est à la ferme Burdock qu'on va ; ce n'est peut-être pas votre direction...

– C'est bon, je connais, coupa le garçon à la veste, sans cesser de mâchonner son cure-dent. Ce n'est pas très loin. Et puis, qu'est-ce qu'on ne ferait pas pour une jolie fille ?

Ouvrant sa portière, il descendit de voiture et ajouta :

– Il y en a une qui peut s'asseoir devant, et moi je me mettrai derrière avec les deux autres.

S'adressant à son copain, il ajouta :

– J'ai de la chance, non ?

– Oui, tu as de la chance, sourit l'autre avant d'ouvrir de son côté. Vous pouvez mettre la cage du chat devant, et vos valises dans le coffre, si vous voulez.

Rowan sourit à Jade, qui devina aussitôt ce qu'elle pensait : *est-ce qu'on a tous ici les mêmes intentions amicales ?*

Les trois jeunes filles déposèrent leurs bagages dans le coffre puis grimpèrent dans le véhicule, Jade s'installant à l'avant, Rowan et Kestrel prenant place à l'arrière, de chaque côté de celui qui portait la veste. Quelques instants plus tard, ils filaient le long de la route à une vitesse que Jade trouvait inquiétante.

– Moi, c'est Vic, annonça alors celui qui était au volant.

– Et moi, Todd, enchaîna l'autre, derrière lui.

– Moi, je m'appelle Rowan, déclara l'aînée, et voici Kestrel. Devant, c'est Jade.

– Vous êtes amies ?

– Non, sœurs, répondit Jade.

– Vous ne vous ressemblez pas...

– C'est ce que tout le monde dit.

Tout le monde... depuis qu'elles s'étaient enfuies. Car, au pays, tous savaient qu'elles étaient sœurs ; donc personne ne leur faisait la remarque.

– Qu'est-ce que vous faites si tard sur cette route ? demanda Vic. Ce n'est pas un endroit pour trois gentilles filles comme vous.

– On n'est pas des « gentilles filles », rétorqua Kestrel sur un ton absent.

– On *essaie* de l'être, corrigea Rowan entre ses dents.

Puis elle ajouta à l'adresse de Vic :

– On attendait que notre grand-tante Opale passe nous prendre à l'arrêt de bus, mais elle n'est pas venue. On emménage à la ferme Burdock.

– Cette vieille chouette de Burdock, c'est votre tante ? s'étonna Todd en ôtant son cure-dent.

Vic se tourna vers lui, et tous deux éclatèrent de rire.

Jade baissa les yeux sur la cage de son chat et écouta les petits bruits qui lui assuraient que Tiggy était réveillé.

Elle éprouvait un vague malaise. Derrière leur air sympa, ces garçons semblaient cacher quelque chose. Mais elle avait trop sommeil – et se sentait trop étourdie de faim – pour saisir exactement ce que c'était.

Un long moment parut s'écouler avant que Vic ne reprenne la parole :

— Vous êtes déjà venues dans l'Oregon ?

— Non…, souffla Jade en clignant des paupières.

— C'est plein de coins assez perdus, vous savez. Comme ici, par exemple. Briar Creek, c'était une mine d'or, à l'époque ; mais quand le filon s'est épuisé et que le train a cessé de s'y arrêter, c'est devenu une ville morte. Et aujourd'hui, c'est la jungle, ici.

Malgré ces paroles lourdes de sens, Jade ne comprit pas ce qu'il entendait par là.

— Ça semble paisible, résonna la voix de Rowan, à l'arrière de la voiture.

Vic lâcha un bref grognement.

— Oui, enfin, paisible… ce n'est pas vraiment ce que je dirais. Regardez cette route ; ces fermes sont toutes à des kilomètres les unes des autres. Si vous criez, c'est clair que personne ne vous entendra.

Jade écarquilla les yeux. Pourquoi dire cela ?

Rowan, qui s'efforçait de poursuivre une conversation polie, déclara :

— Si, toi et Todd, vous entendriez.

— Je veux dire, personne d'autre n'entendrait, répliqua Vic avec une trace d'impatience dans la voix.

Ralentissant de plus en plus, il finit par s'arrêter sur le bord de la route avant de couper le moteur.

— Personne, *ici*, n'entendra, précisa-t-il en se retournant vers le siège arrière.

Jade vit Todd sourire, ses dents blanches de nouveau serrées sur son cure-dent.

— Exact, renchérit-il, personne n'entendra. Il n'y a que nous et vous, ici ; alors vous avez intérêt à nous écouter, les filles.

D'une main, il saisit le bras de Rowan, et, de l'autre, attrapa le poignet de Kestrel.

Bien que surprise, Rowan demeura impassible pendant que Krestel considérait la portière près d'elle. Jade savait ce qu'elle cherchait : la poignée. Il n'y en avait pas.

— Dommage pour vous, laissa tomber Vic, cette voiture, c'est un vrai tas de rouille. On ne peut pas l'ouvrir de l'intérieur.

Il agrippa alors le bras de Jade, si fort qu'elle en sentit la pression jusqu'au niveau de l'os.

— Maintenant, les filles, vous allez être très gentilles, et on ne vous fera pas de mal.

2

– Vous savez, on est plutôt seuls, tous les deux, déclara Todd, sur le siège arrière. Il n'y a personne de notre âge, ici, alors on s'ennuie un peu. Donc, quand on tombe sur trois belles filles comme vous... en fait, on n'a qu'une envie, c'est de faire connaissance. Vous comprenez ?

– Alors, si vous acceptez de jouer, ajouta Vic, on peut s'amuser un peu.

– S'amuser... oh, non, lâcha Rowan, consternée.

Jade savait qu'elle avait capté une part des pensées de Vic et faisait son possible pour ne pas en savoir davantage.

– Kestrel et Jade sont bien trop jeunes pour ce genre de choses. Désolée, on n'est pas d'accord.

– Je refuserais même si j'avais l'âge, articula Jade. Mais, de toute façon, ce n'est pas ce que ces garçons veulent dire. Ce qu'ils veulent dire, c'est ça.

Elle projeta dans l'esprit de Rowan certaines des images qu'elle percevait dans le cerveau de Vic.

— Enfin, Jade, fit Rowan, tu sais qu'on était d'accord pour ne pas espionner les gens comme ça.

Oui, mais regarde ce qu'ils ont en tête, lui répliqua mentalement Jade en se disant que, si elle avait violé une règle, elle pouvait bien les violer toutes.

— Maintenant, écoutez, reprit Vic qui, de toute évidence, sentait qu'il ne contrôlait plus la situation.

Saisissant l'autre bras de Jade, il la força à lui faire face.

— On n'est pas là pour discuter, OK ? lâcha-t-il en la secouant, mais sans brutalité.

Elle le dévisagea un instant puis tourna la tête vers la banquette arrière.

La pâleur de Rowan ressortait vivement au milieu de ses cheveux auburn, et Jade la devinait triste et déçue. Les cheveux dorés de Kestrel avaient soudain pris une teinte mate, et elle fronçait les sourcils.

Alors ? fit-elle en silence à l'adresse de sa sœur aînée.

Alors ? enchaîna mentalement Jade en se tortillant pour se dégager de l'étreinte de Vic, qui cherchait maintenant à l'attirer vers lui. *Rowan, fais quelque chose, il me pince !*

Je crois qu'on n'a plus le choix, répondit celle-ci.

Aussitôt, Jade se retourna vers Vic. Il tentait encore de la serrer contre lui, étonné qu'elle ne cède pas. Mais, cessant soudain de lui résister, elle le laissa faire… avant de projeter brusquement un bras en l'air et de le frapper au menton du dos de la main. Ses dents claquèrent sous la violence du choc, et sa tête fut propulsée en arrière, exposant complètement sa gorge… aux dents de Jade.

Qui plongea et mordit.

Elle se sentait à la fois coupable et excitée. Elle n'avait pas l'habitude d'agir ainsi, de s'abattre sur une proie éveillée et censée se défendre, plutôt que sur une proie hypnotisée et docile. Mais elle faisait confiance à ses instincts ; ceux d'un chasseur qui avait grandi en poursuivant les humains dans les ruelles sombres et désertes. C'était quelque chose d'inhérent à sa programmation génétique : évaluer tout ce qu'elle voyait en se demandant si c'était de la nourriture, si elle pouvait se l'offrir, quelles étaient ses faiblesses.

L'ennui était qu'elle n'avait pas le droit d'apprécier ce repas, car cela s'opposait totalement à ce que Rowan, elle-même et Kestrel venaient chercher à Briar Creek.

Du coin de l'œil, elle distingua ce qui se passait à l'arrière de la voiture. Rowan avait soulevé le bras que Todd utilisait pour la contraindre, et, de l'autre côté, Kestrel avait fait la même chose.

La voix rauque de stupéfaction, il cherchait à se dégager en balbutiant :

– Hé… mais… qu'est-ce que vous ? !…

Rowan mordit.

Qu'est-ce que vous faites ?

Kestrel mordit.

Qu'est-ce que vous faites ? Vous êtes qui ? C'est dingue, vous êtes quoi ? !

Il se débattit sauvagement pendant quelques instants puis s'écroula tandis que Rowan et Kestrel le précipitaient mentalement dans un état catatonique.

Une autre minute s'écoula puis Rowan déclara :

– Ça suffit.

Oh, Rowan..., protesta Jade.

– Ça suffit, j'ai dit. Dis-lui de tout oublier de ce qui vient de se passer... et essaie de lui faire dire où se trouve la ferme Burdock.

Sans cesser de se nourrir, la jeune fille plongea lentement un tentacule de sa pensée dans l'esprit de Vic. Puis elle s'écarta, et sa bouche se referma comme dans un baiser tandis qu'elle abandonnait la peau de sa victime. Telle une poupée de chiffon, le garçon s'affaissa mollement entre le volant et la portière quand Jade le relâcha.

– La ferme est de ce côté, articula-t-elle alors. On doit faire demi-tour jusqu'à l'embranchement qu'on vient de passer. C'est bizarre... Il pensait qu'il n'aurait aucun ennui en nous attaquant, à cause de quelque chose en rapport avec tante Opale. Je n'ai pas compris quoi.

– Peut-être qu'elle est folle, suggéra Kestrel sans la moindre trace d'émotion. Todd, lui, pensait qu'il n'aurait pas d'ennuis parce que son père est un Ancien.

– Ils n'ont pas d'Anciens, répliqua Jade, vaguement étourdie. Tu veux plutôt parler d'un gouverneur ou d'un officier de police, quelque chose de ce genre.

L'air préoccupé, Rowan regardait ailleurs.

– Bon, lâcha-t-elle enfin, on a été prises de court ; on n'avait pas le choix. Mais, maintenant, on revient à ce qu'on a dit.

– Jusqu'au prochain imprévu, dit Kestrel en souriant, le visage tourné vers la nuit.

– Tu crois qu'on devrait les laisser ici ? lui demanda Jade.

– Pourquoi pas ? répondit Kestrel d'un ton indifférent. Dans quelques heures, ils seront réveillés.

Jade considéra le cou de Vic. Les deux petits trous percés par ses dents étaient déjà presque refermés. Demain, il ne resterait que de vagues traces rouges qui auraient l'air d'anciennes piqûres d'abeille.

Quelques minutes plus tard, les trois filles marchaient de nouveau sur la route, leurs bagages à la main. Jade était cependant nettement plus gaie. Elle venait de s'alimenter, et cela faisait toute la différence. Elle se sentait chargée d'énergie et prête à grimper les montagnes. Elle balançait alternativement sa valise et sa cage, à l'intérieur de laquelle grognait Tiggy.

Quelle merveille de se retrouver ainsi dehors, à marcher seule dans l'air tiède de la nuit, sans personne pour vous en faire le reproche ! Quel plaisir d'entendre les biches, les lapins et les rats se nourrir dans les champs autour de vous ! Jade tressaillait de bonheur ; jamais elle ne s'était sentie aussi libre.

– C'est chouette, non ? dit doucement Rowan tandis qu'elles atteignaient l'embranchement. C'est ça, la vraie vie. Et on y a droit autant que n'importe qui.

– Je pense que c'est le sang, déclara Kestrel. Les humains élevés au grand air sont tellement mieux que ceux qui vivent enfermés. Pourquoi notre cher frère ne nous a-t-il jamais expliqué ça ?

Ash…, songea subitement Jade en sentant un vent glacé lui parcourir l'échine. Elle regarda derrière elle, cherchant des yeux, non pas une voiture, mais quelque chose de bien plus silencieux… et mortel. Elle comprit alors combien était fragile le bonheur qu'elle ressentait.

– Est-ce qu'on va se faire prendre ? demanda-t-elle à Rowan.

L'espace d'une seconde, elle était redevenue la petite fille de six ans qui cherchait du réconfort auprès de sa sœur aînée.

Et Rowan, la meilleure grande sœur du monde, lui répondit aussitôt :

Non.

– Mais si Ash comprend… C'est le seul à pouvoir se rendre compte…

– On ne va pas se faire prendre, insista Rowan. Personne ne saura qu'on est ici.

Rassurée, Jade posa sa valise et tendit la main à Rowan, qui la prit dans la sienne.

– Ensemble à jamais.

Kestrel, qui se trouvait à quelques pas devant elles, se retourna, les rejoignit et posa sa main sur les leurs.

– Ensemble à jamais.

Rowan prononça ces mots avec solennité. Kestrel les articula en fixant ses sœurs d'un regard jaune et perçant. Et Jade les exprima avec détermination.

Tandis qu'elles reprenaient leur chemin, Jade se sentit de nouveau pleine d'entrain et heureuse de marcher ainsi dans la nuit tiède.

La route n'était plus pavée, à partir de cet endroit. Elles longèrent des prés et des bosquets, passèrent devant une ferme sur leur gauche, au fond d'une longue allée d'arbres, et, enfin, tout au bout de la route, aperçurent une autre maison.

– C'est là, annonça Rowan.

Jade la reconnut aussi, aux images que tante Opale leur avait envoyées. Composée de deux étages, elle était entourée d'une terrasse et couverte d'un toit en pente orné de multiples pignons ainsi que d'une petite coupole sur son faîte. Au sommet de la grange voisine se dressait une girouette.

Une vraie girouette, se dit Jade en s'arrêtant pour mieux la contempler.

— J'adore cette maison, dit-elle de l'air le plus sérieux du monde.

Rowan et Kestrel s'étaient arrêtées aussi, mais elles n'affichaient pas du tout la même expression. L'aînée était même à un cheveu de se montrer horrifiée.

— Mais elle est en ruine, s'étrangla-t-elle. Regarde-moi cette grange, le crépi a complètement disparu. Ce n'est pas ça que nous montrait la photo…

— Et la terrasse, ajouta Kestrel non sans déception. Elle est décrépite ; elle peut s'effondrer d'un instant à l'autre.

— Le travail…, soupira Rowan. Le travail que ça demanderait de tout remettre en état.

— Et l'argent, renchérit Kestrel.

— Pourquoi la réparer ? s'étonna Jade. Moi je l'aime bien comme ça. Elle est différente.

Avec assurance, elle saisit ses bagages et continua vers la maison. Une palissade délabrée entourait la propriété, fermée par un portail qui semblait aussi branlant que le reste. Au-delà, sur une allée recouverte d'herbes folles, se trouvait un tas de piquets blancs, comme si l'on avait prévu de réparer la clôture sans jamais s'y atteler.

Jade posa sa cage et sa valise, et tira sur la porte. À sa grande surprise, celle-ci n'opposa aucune résistance.

– Vous voyez, cette maison n'a pas belle allure mais...

Elle n'eut pas le temps d'achever sa phrase ; le vieux battant de bois lui tomba dessus.

– Bon, d'accord, elle est un peu déglinguée, mais elle est à nous, dit-elle tandis que ses deux sœurs la dégageaient.

– Non, corrigea Kestrel, elle est à tante Opale.

– Allez, on y va, fit Rowan en se lissant les cheveux.

Des planches manquaient à l'escalier du porche et sur la terrasse, mais Jade franchit les espaces vides avec dignité. En chutant, la porte de la palissade lui avait flanqué un bon coup au menton, et, puisque c'était du bois, cela lui faisait encore mal. En fait, tout semblait être en bois, ici ; ce qui provoquait chez la jeune fille un agréable sentiment d'inquiétude. Chez eux, on vénérait le bois – et on le gardait de côté.

Il faut se montrer particulièrement prudent pour vivre dans ce genre de monde, pensa Jade. *Sinon, on risque de se faire mal...*

Rowan et Kestrel frappèrent à la porte ; l'une avec discrétion, en utilisant ses articulations ; l'autre nettement plus fort, avec la tranche de sa main.

Pas de réponse.

– On dirait qu'elle n'est pas là, déclara Rowan.

– Elle a peut-être décidé qu'elle ne voulait plus de nous, suggéra Kestrel, d'un air contrarié.

– Peut-être aussi qu'elle est allée à la mauvaise station de bus, dit Jade.

– Mais oui, c'est ça ! reprit Rowan. La pauvre, elle doit être en train de nous attendre ailleurs ; et elle va croire qu'on n'est pas venues.

– De temps en temps, tu n'es pas complètement stupide, la félicita Kestrel.

– Bon, si on entrait, proposa Jade afin de leur cacher combien elle était contente. Elle va bien finir par arriver.

– Chez les humains, les portes des maisons ont une serrure, commença Rowan avant de s'apercevoir que celle-ci n'était pas verrouillée.

La poignée tourna entre les doigts de Jade, et toutes trois pénétrèrent dans la vieille bâtisse.

Il faisait sombre, plus sombre que lors d'une nuit sans lune, mais les yeux de Jade se firent en un instant à l'obscurité ambiante.

– Dites donc, ce n'est pas si mal, lâcha-t-elle.

Elles se trouvaient dans un salon défraîchi mais très beau, orné de meubles énormes. Des meubles en bois, bien sûr, noirs et soigneusement cirés, les tables étant toutes recouvertes de marbre.

Rowan trouva un interrupteur, et, subitement, la pièce s'illumina. Trop pour Jade, qui cligna des paupières avant de découvrir des murs peints de vert pâle et ornés de moulures d'une teinte plus foncée. Ce qui créa chez elle une étonnante impression d'apaisement, et d'appartenance à ces lieux, comme si elle y avait toujours vécu. Sans doute était-ce dû à l'imposant mobilier qui l'entourait.

Elle se tourna vers Rowan, qui contemplait l'ensemble d'un air tranquille, son corps long et gracieux tendu en avant. Celle-ci sourit, rencontra son regard puis acquiesça d'un signe de tête.

Oui.

Jade savoura un instant l'idée d'avoir eu raison deux fois de suite en cinq minutes, puis se souvint de sa valise.

– Voyons à quoi ressemble le reste de la maison, se hâta-t-elle de dire. Je monte à l'étage, et vous, vous continuez d'inspecter le rez-de-chaussée.

– Tu veux choisir la meilleure chambre, c'est ça ! lui lança Kestrel.

Jade ignora sa réflexion et se dépêcha de grimper le large escalier recouvert de tapis. Il y avait beaucoup de chambres à coucher, au premier, toutes plus vastes les unes que les autres. Ce n'était pas la meilleure qu'elle cherchait, cependant, mais la plus isolée.

Tout au bout du couloir se trouvait une pièce au bleu outremer. Jade y entra, referma vite la porte et posa sa valise sur le lit. Retenant son souffle, elle l'ouvrit.

– Oh… Oh, non, non !

Trois minutes plus tard, elle entendit le cliquetis de la serrure derrière elle mais négligea de se retourner.

– Qu'est-ce que tu fais ? résonna la voix de Kestrel.

Jade détacha ses yeux des deux chatons qu'elle tentait désespérément de ramener à la vie.

– Ils sont morts ! se lamenta-t-elle.

– Franchement, tu t'attendais à quoi ? Il fallait les laisser respirer, idiote. Comment voulais-tu qu'ils résistent à deux jours de voyage ?

Jade renifla sans répondre.

– Rowan t'avait dit de n'en prendre qu'un.

Saisie d'un hoquet, elle s'exclama :

– Je sais ! C'est pour ça que j'ai mis ces deux-là dans la valise. Au moins, Tiggy est en vie, lui...

Elle se laissa tomber à genoux et regarda à l'intérieur de la cage de bois pour s'assurer que l'animal allait vraiment bien. Il avait les oreilles couchées en arrière, ses yeux dorés luisaient au milieu de la masse noire de sa fourrure. Il feula et, rassurée, Jade s'assit sur ses talons. Il allait bien.

– Pour cinq dollars, je m'occuperai des deux qui sont morts, proposa Kestrel.

– Non ! s'écria Jade avant de bondir debout et de reculer vers les deux petits, toutes griffes dehors.

– Mais non, pas comme ça, riposta Kestrel, agacée. Je ne me nourris pas de charogne. En revanche, si tu ne trouves pas le moyen de t'en débarrasser d'une façon ou d'une autre, Rowan va finir par les découvrir. Tu es une vampire, bon sang ; comporte-toi en vampire !

– Je voudrais les enterrer, déclara Jade en serrant les petits cadavres contre son cœur. Il leur faut des funérailles.

Kestrel roula des yeux exaspérés puis sortit. Sans attendre, Jade emballa les deux chatons dans sa veste et, sur la pointe des pieds, suivit sa sœur.

Une pelle... Il lui fallait une pelle. Où pourrait-elle en dénicher une ?

Surveillant d'une oreille les allées et venues de Rowan, elle se glissa au rez-de-chaussée. Toutes les pièces ressemblaient au salon : à la fois imposantes et dans un état de décrépitude avancée. La cuisine était immense, équipée d'une cheminée et flanquée d'un office qui devait servir de lingerie. Il y avait aussi une porte donnant sur la cave.

Sans hésiter, elle l'ouvrit.

Puis s'engagea prudemment dans l'escalier, sans pouvoir allumer, car elle avait besoin de ses deux mains pour tenir les chatons... qui l'empêchaient de voir ses pieds. Elle ne pouvait donc que compter sur ses orteils pour sentir les marches qu'elle descendait.

Arrivée en bas, sa pointe de pied rencontra un objet qui sembla résister à la légère poussée que Jade lui donna. Et qui lui bloquait maintenant le chemin.

Lentement, elle tendit le cou au-dessus du paquet qu'elle portait et regarda par terre.

Il faisait très sombre, et elle-même cachait le peu de lumière qui lui parvenait de la cuisine. Elle réussit néanmoins à distinguer ce qui ressemblait à un tas de vieux vêtements. Un tas inégal.

Jade fut saisie d'un mauvais, très mauvais sentiment.

De la pointe du pied, elle tâta la masse sombre. Qui remua légèrement. Après une profonde inspiration, elle appuya plus fort, insista.

Comme l'ensemble se mettait à rouler de côté, Jade osa un regard et poussa un cri.

Un cri puissant, aigu, destiné à bien attirer l'attention de son entourage. Elle y ajouta une pensée, l'équivalent télépathique d'une sirène d'alarme.

Rowan ! Kestrel ! Ramenez-vous par ici, vite !

Vingt secondes plus tard, la cave s'illumina tandis que ses deux sœurs déboulaient en catastrophe dans l'escalier.

– Jade, je n'arrête pas de te le répéter, lâcha Rowan entre ses dents, on n'utilise pas notre...

Elle se figea net.

– Je... crois que c'est notre tante Opale, articula Jade.

3

— Elle n'a pas l'air bien, commenta Kestrel par-dessus l'épaule de Rowan.

— Non… je n'y crois pas…, souffla celle-ci, bouleversée.

Tante Opale était comme momifiée. Elle n'avait plus sur les os qu'une peau parcheminée, brunâtre, fine et lisse, presque luisante ; une mince couche de cuir tendue sur des articulations noueuses. Son crâne ne portait plus aucun cheveu, ses orbites n'étaient plus que deux trous noirs à peine comblés de tissu séché, et son nez avait perdu toute forme.

— Pauvre petite tante, murmura Rowan, les yeux embués de larmes.

— C'est à ça qu'on va ressembler quand on sera mortes, commenta Kestrel, pensive.

Mais soudain, tapant sèchement du pied, Jade lâcha avec colère :

— Mais non, les filles, vous vous fichez complètement dedans ! Regardez ! Regardez bien…

Elle flanqua un violent coup de pied dans le ventre de la momie. Et là, jaillissant au milieu de la robe à fleurs bleues, apparut ce qui n'était autre qu'un pieu de bois. Presque aussi long qu'une flèche, épais à la base et effilé à l'extrémité, il était planté dans la poitrine de la vieille femme. Des copeaux de peinture blanche étaient encore accrochés à l'étoffe.

Plusieurs autres piquets blancs gisaient non loin d'elle sur le sol de la cave.

— Pauvre tante Opale, répéta Rowan. Elle devait les porter avec elle quand elle est tombée.

Jade regarda Kestrel, qui lui renvoya un regard aussi jaune qu'exaspéré. Leur sœur aînée était un des rares sujets sur lesquels elles se retrouvaient toujours d'accord.

— Rowan, réveille-toi ! Elle n'est pas tombée, on lui a planté ce pieu dans le cœur.

— Non…

— Si, insista Jade. On l'a tuée. Quelqu'un qui devait savoir qu'elle était vampire.

— Mais… qui aurait pu savoir ? fit-elle en secouant la tête.

— Un autre vampire, peut-être, suggéra Jade.

— Ou alors un chasseur de vampires, ajouta Kestrel.

Choquée, Rowan balbutia :

— Ça… n'existe pas. Ce qu'on dit sur eux, c'est juste pour effrayer les gamins…

Kestrel haussa les épaules, mais ses yeux d'ambre avaient pris une inquiétante teinte sombre.

Jade, elle, ne savait plus que penser. La liberté ressentie un peu plus tôt sur la route, cette étrange paix éprouvée en pénétrant dans le salon... tout cela pour tomber sur ce spectacle désolant. Subitement, elle se sentit vide, seule au monde.

Rowan s'assit sur les marches de l'escalier, trop préoccupée pour repousser la mèche de cheveux qui venait de s'abattre devant ses yeux.

– Je n'aurais jamais dû vous amener jusque-là, souffla-t-elle. Ça a l'air d'être pire, ici.

Même si sa sœur n'en dit rien, Jade devina la pensée qui lui traversa l'esprit : *peut-être qu'on devrait repartir*.

– Ce serait pire encore, rétorqua-t-elle donc avec force. Plutôt mourir que de repartir là-bas !

Pour se retrouver de nouveau au service du premier homme qui passait ? Pour endurer les mariages arrangés et les restrictions sans fin ? Pour subir le poids de ces visages réprobateurs, si prompts à condamner ce qui était différent, ce qui n'entrait pas dans les règles instaurées depuis plus de quatre cents ans ?

– Pas question de retourner là-bas, insista-t-elle.

– Non, pas question, renchérit Kestrel. À moins qu'on n'ait envie de mourir comme notre grand-tante Opale. Ou... comme notre grand-oncle Hodge.

– Ne parle pas de ça ! s'insurgea Rowan en s'efforçant de chasser aussitôt cette pensée de son esprit.

– Ils n'iraient pas jusque-là, reprit Jade, l'estomac noué. Ils ne feraient pas ça à leurs propres petits-enfants. Pas à nous.

– Le problème, reprit Kestrel, c'est que, si on ne retourne pas là-bas, on est obligées de continuer seules. Il faut savoir maintenant ce qu'on va pouvoir faire sans l'aide de tante Opale – surtout s'il y a un chasseur de vampires dans les parages. Mais, d'abord, qu'est-ce qu'on va faire de *ça* ?

Du menton, elle indiqua le cadavre momifié à leurs pieds.

Rowan secoua la tête d'un air impuissant, balaya la cave du regard comme si elle allait trouver une réponse dans un coin. Ses yeux tombèrent sur Jade, s'y arrêtèrent, et celle-ci sentit aussitôt le système de radar qui se mettait en route dans le cerveau de sa sœur.

– Jade, qu'est-ce que tu caches sous ta veste ?

Anéantie, elle fut incapable de mentir. Elle ouvrit sa veste et montra les chatons à Rowan.

– Je n'avais pas capté que la valise les tuerait…

Trop éberluée pour se mettre en colère, Rowan leva les yeux au ciel et soupira. Puis elle demanda sèchement à Jade :

– Qu'est-ce qui t'a pris de les descendre ici ?

– Je… je cherchais une pelle. Je voulais les enterrer dans le jardin.

Un lourd silence s'installa. Jade considéra ses sœurs d'un air circonspect, les trois filles échangèrent un regard puis posèrent les yeux sur les petits chats.

Enfin, dans un même élan, elles se tournèrent vers tante Opale.

Mary-Lynnette était au bord des larmes.

La nuit était magnifique. Une couche d'inversion maintenait une atmosphère tiède, et la vision était excellente. La pollution était infime, et aucune lumière directe ne venait troubler le firmament. La ferme victorienne au pied de la colline où se tenait Mary-Lynnette était relativement sombre. Mme Burdock faisait toujours très attention à ne pas gaspiller l'électricité.

Au zénith, la Voie lactée traversait le ciel comme une rivière. Au sud, là où la jeune fille avait dirigé son télescope, se trouvait la constellation du Sagittaire, qui, depuis toujours, lui rappelait une théière plutôt qu'un archer. Et juste au-dessus du bec verseur apparaissait une faible traînée rose, un peu comme de la vapeur.

Une vapeur qui n'était autre qu'un amas, une nursery stellaire portant le joli nom de nébuleuse du Lagon ; des gaz et de la poussière d'étoiles éteintes recyclés en étoiles brûlantes et à peine naissantes.

Elle se trouvait à quatre mille cinq cents années-lumière de notre planète, et Mary-Lynnette, dix-sept ans, flanquée d'un télescope Newton de seconde main, observait la lumière provenant d'étoiles naissantes.

Parfois, elle éprouvait une telle fascination… et… et un tel *désir*… qu'elle craignait de s'effondrer.

Puisqu'il n'y avait personne avec elle, elle put à loisir laisser couler ses larmes, sans prétendre que c'était dû à une allergie quelconque. Au bout d'un instant, elle finit par se rasseoir et s'essuya tristement les yeux et le nez du revers de la manche de son tee-shirt.

Bon, ça suffit, maintenant, se dit-elle. *Tu es complètement dingue.*

Si au moins elle n'avait pas repensé à Jeremy… Car, maintenant, elle ne cessait de se représenter son visage, le soir où il était venu contempler l'éclipse avec elle. Ses yeux bruns brillaient d'enthousiasme, comme s'il s'extasiait devant le spectacle qui lui était offert ; comme si, à cet instant, d'une certaine façon, il avait compris.

J'ai fait connaissance avec la nuit…, lui susurrait une petite voix romantique et larmoyante qui tentait une nouvelle fois de la faire pleurer.

Oui, c'est ça, rétorqua cyniquement Mary-Lynnette. Elle tendit la main vers le sac de chips qu'elle gardait sous sa chaise pliante. Comment rester romantique et bouleversée par la splendeur des étoiles tout en croquant des chips ?

Allez, à Saturne, maintenant..., songea-t-elle tout en se frottant les mains pour se débarrasser des miettes salées qui lui collaient aux paumes. C'était une très bonne nuit pour observer Saturne, car ses anneaux étaient en ce moment visibles sur la tranche.

Elle devait se dépêcher, cependant, parce que, dès 23 h 16, la Lune commencerait à monter dans le ciel. Cependant, avant de tourner le télescope vers la planète, elle jeta un dernier regard à la nébuleuse du Lagon. Plus exactement, à l'est de celle-ci, dans l'espoir de localiser l'amas d'étoiles dont elle était une des rares à connaître l'existence.

Elle ne le trouva pas, ses yeux n'étaient pas assez bons. Si elle avait eu un télescope plus puissant, si elle avait vécu au Chili où l'air était sec, si elle avait pu grimper au-dessus de l'atmosphère, alors elle aurait eu une chance de le distinguer. Mais, là, elle devait se contenter de son œil d'humaine... dont la pupille avait une ouverture maximale de neuf millimètres.

Et personne n'y pouvait rien.

Elle cherchait maintenant à centrer Saturne dans son champ de vision lorsqu'une lumière s'alluma derrière la ferme en bas. Pas la simple ampoule d'un porche, mais la lampe à vapeur de sodium d'une grange. Elle illuminait l'arrière de la propriété aussi puissamment qu'un projecteur.

Surprise, Mary-Lynnette s'écarta du viseur. Cela n'avait pas vraiment d'importance — elle pouvait quand même voir Saturne, contempler ses anneaux qui ne formaient ce soir qu'un délicat fil d'argent semblant ceindre la planète en son centre. Étrange, cependant. Mme Burdock n'allumait jamais la lampe de derrière.

Les filles, sans doute, songea-t-elle. Ses nièces... Elles avaient dû arriver chez elle, et la vieille femme devait être en train de faire avec elles le tour du propriétaire. D'un geste absent, elle saisit ses jumelles. Elle était curieuse.

Légères et profilées, ces Celestron Ultimas étaient de grande qualité. Elle les utilisait pour observer aussi bien les objets les plus lointains dans le ciel que les cratères de la Lune. Et, maintenant, elles étaient fixées sur l'arrière de la maison de Mme Burdock, la grandissant dix fois.

Toutefois, Mary-Lynnette ne voyait nulle part son habitante. Elle distinguait le jardin, la resserre et le petit carré de terre clôturé où elle gardait ses chèvres. Elle apercevait aussi trois jeunes filles, éclairées par la lampe au sodium. L'une avait les cheveux bruns, l'autre était blonde, et la troisième arborait une crinière aussi argentée et lumineuse que les anneaux de Jupiter. Elles transportaient ensemble quelque chose enveloppé de plastique. Du plastique noir. Et costaud... comme les sacs à ordures, semblait-il.

Mais que faisaient-elles avec ça ?

Elles l'enterraient.

La plus petite, celle aux cheveux d'argent, portait une pelle. Elle creusait bien, aussi. En quelques minutes, elle avait déraciné la plupart des iris de Mme Burdock. Puis, celle qui avait la chevelure dorée s'empara de la pelle et la remplaça, et enfin, la jeune fille aux cheveux bruns, la plus grande, prit la relève.

Quand elles eurent fini, elles saisirent leur fardeau emballé de plastique – bien qu'il parût mesurer plus d'un mètre cinquante, il semblait assez léger – et le déposèrent dans le trou.

Qu'elles s'activèrent ensuite à remplir de terre.

Non, se dit Mary-Lynnette, *arrête de gamberger comme une idiote. Il y a certainement une explication logique à ça.*

L'ennui était qu'elle ne parvenait pas à en trouver une seule.

Non, non, non… On n'est pas dans Fenêtre sur cour *ou dans* La Quatrième Dimension. *Elles ne font qu'enterrer… quelque chose. Un genre de… truc tout à fait ordinaire…*

Mais qu'est-ce qui, à part un cadavre, était long, rigide, mesurait quelque chose comme un mètre soixante, et avait besoin d'être emballé dans un grand sac plastique noir avant d'être enterré ?

Et puis, se dit encore Mary-Lynnette dont le cœur, mû par une puissante poussée d'adrénaline, battait à tout rompre, *et puis…*

Où est Mme Burdock ?

Elle se sentait peu à peu perdre tout contrôle, chose qu'elle détestait. Ses mains tremblaient si fort qu'elle dut abaisser ses jumelles.

Mme Burdock allait bien ; elle n'avait rien. Ce genre de chose n'arrivait jamais en vrai.

Que ferait Nancy Drew, à sa place ?

Soudain, au beau milieu de sa panique, Mary-Lynnette laissa échapper un éclat de rire aussi nerveux qu'involontaire. Nancy, bien sûr, se précipiterait en bas pour voir ce qui se passait. Cachée derrière un buisson, elle écouterait les filles parler entre elles, puis, une fois qu'elles seraient rentrées dans la maison, irait creuser le trou qu'elles venaient de reboucher.

Mais des choses comme cela n'arrivaient pas. La jeune fille ne s'imaginait pas un instant creusant dans le jardin d'une voisine au beau milieu de la nuit. Elle se ferait surprendre, et l'humiliation serait terrible. Mme Burdock sortirait de sa maison, bien vivante et stupéfaite, et Mary-Lynnette mourrait d'embarras en tentant de s'expliquer.

Dans un livre, cela pourrait paraître amusant. Mais, dans la vie… elle n'osait même pas y penser.

Le bon côté de la chose était que cela lui ouvrait les yeux sur l'absurdité de sa paranoïa. Et, tout au fond d'elle-même, elle savait que Mme Burdock allait bien. Sinon, elle ne resterait pas assise en haut de cette colline ; elle appellerait la police, comme n'importe quelle personne ayant un minimum de bon sens.

Mais pourquoi se sentait-elle subitement fatiguée ? Pourquoi n'avait-elle soudain plus envie d'observer Saturne ? S'éclairant d'une lampe torche au filtre rouge, elle regarda sa montre. Presque onze heures ; quoi qu'il en soit, tout serait terminé dans seize minutes. Quand la Lune serait levée, un halo blanc se formerait dans le ciel, qui bloquerait toute vison des astres alentour.

Toutefois, avant de démonter son télescope, Mary-Lynnette reprit ses jumelles. Pour un dernier coup d'œil.

Le jardin était vide, à présent. Un rectangle de terre fraîchement retournée montrait précisément l'endroit où l'on avait creusé. C'est alors que la lampe à sodium s'éteignit.

Cela ne lui coûterait rien d'aller dès demain se rendre compte de ce qui avait bien pu se passer chez Mme Burdock. Elle l'aurait fait, de toute façon. Histoire de souhaiter la bienvenue à ses nièces. Et de rapporter les cisailles que son père lui avait empruntées, ainsi que le couteau que la vieille femme lui avait prêté pour défaire le bouchon de son réservoir. Et, bien sûr, la jeune fille vérifierait qu'elle était bien là, que tout allait bien.

*
* *

Ash atteignit le haut de la route qui serpentait et s'arrêta pour admirer le point lumineux, au sud. On voyait nettement mieux le ciel, autour de ces petites villes de campagne. D'ici, Jupiter, la reine des planètes, ressemblait à un ovni.

– Où tu étais passé ? lui demanda une voix, non loin. Ça fait des heures que je t'attends.

Sans se retourner, Ash répondit :

– Où j'étais ? C'est peut-être à moi de te demander ça, non ? On était censés se retrouver sur cette colline, Quinn.

Les mains dans les poches, il indiqua du coude la butte qui s'élevait sur leur gauche.

– Faux. C'était bien cette colline-ci, et je t'ai attendu ici sans bouger d'un pouce. Mais, bon, laisse tomber… Elles sont là ou pas ?

Ash se retourna et, sans se presser, se dirigea vers la décapotable garée, toutes lumières éteintes, de l'autre côté de la route. S'appuyant d'un bras sur la portière, il se pencha vers le conducteur et répondit :

– Elles sont là. Je t'avais dit qu'elles y viendraient. C'était le seul endroit où elles pouvaient se réfugier.

– Toutes les trois ?

– Oui, toutes les trois. Mes sœurs ne se séparent jamais.

– Les lamies ont un tel sens de la famille, railla Quinn avec un sourire en coin.

– Et les vampires réussis sont si merveilleusement… courts, enchaîna Ash en contemplant le ciel d'un air tranquille.

Quinn lui jeta un regard noir. Sa silhouette compacte et trapue émergeait à peine du siège avant de la voiture.

– Je sais que, si je n'ai jamais pu finir de grandir, c'est par la faute d'un de tes ancêtres, souffla-t-il.

Ash se redressa pour aller s'asseoir sur le capot, et laissa ses longues jambes se balancer au-dessus du chemin.

– Je crois que je vais moi-même cesser de grandir, cette année, lâcha-t-il platement, sans quitter la pente des yeux. Dix-huit ans, ce n'est pas un si mauvais âge, finalement.

– Sans doute pas, si tu as le choix, reprit Quinn d'une voix particulièrement basse. Avoir dix-huit ans pendant quatre siècles… sans jamais en voir la fin.

Ash se tourna vers lui et sourit.

– Désolé, Quinn… au nom de ma famille.

– C'est moi qui suis désolé pour ta famille. Les Redfern ont quelques petits problèmes, ces derniers temps, non ? Voyons si je ne me trompe pas. D'abord, ton oncle Hodge viole les lois du Night World et se voit justement châtié…

– Mon grand-oncle par alliance, précisa Ash, l'index levé. C'était un Burdock, pas un Redfern. Et ça s'est passé il y a plus de dix ans.

– Et puis, ta tante Opale…

– Ma *grand-tante* Opale…

– … disparaît complètement. Elle rompt tout lien avec notre monde, apparemment parce qu'elle préfère vivre au milieu de nulle part, parmi des humains.

Ash haussa les épaules, les yeux dans le vague.

– Ça doit être bon de chasser au milieu de nulle part avec des humains. Pas de concurrence, pas de règles imposées par le Night World… et pas d'Anciens pour imposer des limites sur le nombre de proies à attraper.

– Et pas de contrôle, dit Quinn avec aigreur. Qu'elle vive ici, ça n'a pas vraiment d'importance ; ce qui compte, c'est qu'elle a manifestement encouragé tes sœurs à venir la rejoindre. Tu aurais dû garder l'œil sur elles dès l'instant où tu as découvert qu'elles s'écrivaient secrètement.

– J'ignorais ce qu'elles avaient en tête, répliqua Ash, mal à l'aise.

– Ce n'est pas seulement elles. Tu sais qu'il y a des rumeurs qui courent sur ton cousin, ce James Rasmussen. On dit qu'il est tombé amoureux d'une humaine. Qu'elle était mourante et qu'il a décidé de la transformer sans autorisation…

Se laissant glisser du capot, Ash rétorqua :

– Je n'écoute jamais les rumeurs. Et puis, ce n'est pas le problème qui nous préoccupe.

– Non, le problème, ce sont tes sœurs et la galère dans laquelle elles se sont embarquées. Et, surtout, c'est de savoir si tu seras capable de faire le ménage dans tout ça.

– Ne t'inquiète pas, Quinn. Je saurai me débrouiller.

– Si, je m'inquiète, Ash. Je ne sais pas comment je t'ai laissé m'entraîner là-dedans.

– Tu ne m'as rien laissé faire du tout. Tu as juste perdu au poker.

– Parce que tu as triché, précisa Quinn, les lèvres pincées, le regard plongé dans l'obscurité devant lui. Je continue de croire qu'on devrait en parler aux Anciens. C'est la seule façon de garantir une investigation totalement approfondie.

– Je ne vois pas pourquoi elle a tant besoin d'être approfondie. Elles ne sont là que depuis quelques heures.

– Tes sœurs ne sont là que depuis quelques heures. Ta tante, elle, est là depuis… combien de temps ? Dix ans ?

– Qu'est-ce que tu as contre ma tante, Quinn ?

– Son mari était un traître. Elle-même nous a trahis aujourd'hui en poussant ces filles à s'enfuir. Qui sait à combien d'humains elle a pu parler du Night World.

Examinant ses ongles, Ash hasarda :

– Peut-être qu'elle n'a rien dit du tout.

– Peut-être aussi qu'elle en a parlé à toute la ville.

– Quinn, reprit-il avec la patience qu'il aurait eue pour un enfant, si ma tante a violé les lois du Night World, elle doit mourir. Pour l'honneur de la famille. La moindre éclaboussure, et c'est sur moi que ça retombe.

– Voilà bien une chose sur laquelle je peux compter, murmura Quinn entre ses dents. Ton intérêt personnel. Tu cherches toujours à être le numéro un, n'est-ce pas ?

– C'est le cas de tout le monde, non ?

– Oui, mais pas de façon aussi flagrante.

Au bout d'un court silence, il enchaîna :

– Et tes sœurs ?

– Quoi, mes sœurs ?

– Tu sauras les tuer, si c'est nécessaire ?

– Bien sûr, fit Ash sans ciller. Si c'est nécessaire… Pour l'honneur de la famille.

– Si elles ont laissé échapper quelque chose au sujet du Night World…

– Elles ne sont pas stupides.

– Elles sont innocentes. Elles peuvent se faire piéger. C'est ce qui arrive quand tu vis sur une île totalement isolée des humains normaux. Tu n'apprends jamais à quel point la vermine peut être fourbe.

– Peut-être, mais nous, on le sait, sourit Ash. On sait aussi quoi faire d'elle.

Pour la première fois, Quinn s'autorisa un sourire. Un sourire charmant, presque rêveur.

– Oui, je connais ta position là-dessus, répondit-il. Très bien, je te laisse t'en occuper. Inutile de te recommander de contrôler tout humain avec qui ces filles auront eu un contact. Fais bien ton travail et peut-être pourras-tu sauver l'honneur de ta famille. Sans parler du tort que nous ferait un procès public, ajouta-t-il en se redressant sur son siège. Je reviens dans une semaine. Si tu n'as pas repris le contrôle de la situation, j'irai parler aux Anciens. Pas les Redfern, bien sûr, mais ceux du Conseil.

— Très bien, Quinn. Tu sais que tu devrais réellement te trouver un passe-temps ? Tu devrais chasser toi-même. Tu es trop refoulé.

Préférant ignorer cette réflexion, Quinn demanda :

— Tu sais par où commencer ?

— Oui, évidemment. Les filles sont... quelque part en bas...

Il se tourna vers l'est et, fermant un œil, indiqua du doigt une tache de lumière dans la vallée en contrebas.

— À la ferme Burdock. Je vais aller faire un petit tour en ville, histoire de m'enquérir de ce qui se passe, puis je me lancerai à la recherche de la vermine la plus proche.

4

Une seule nuit, et Mary-Lynnette avait totalement changé d'optique.

En ce matin d'août où le soleil jouait à cache-cache avec la brume, la jeune fille ne se sentait plus du tout d'humeur à aller vérifier que Mme Burdock était bien vivante. Cela lui semblait même carrément ridicule. Et puis, l'école recommençait dans deux semaines, et elle avait franchement autre chose à faire. Début juin, elle avait été si sûre que l'été durerait une éternité et que jamais elle ne songerait : *mon Dieu, ces vacances ont passé trop vite...* Et voilà qu'on était déjà mi-août, et qu'elle se prenait à penser : *incroyable, ça a passé tellement vite...*

Il lui fallait des habits. Et un nouveau sac à dos, et des cahiers, des feutres, un paquet de feutres aux couleurs flashy. Elle devait aussi secouer Mark à ce sujet, parce qu'il n'irait jamais faire tout ça de lui-même ; et il ne fallait pas compter sur Claudine pour l'y pousser.

D'origine belge, Claudine, leur belle-mère, était très jolie avec ses boucles noires et ses yeux sombres. Elle avait dix ans de plus que Mary-Lynnette mais paraissait du même âge qu'elle. Elle travaillait comme employée de maison dans la famille lorsque leur mère était tombée malade, cinq ans plus tôt. Mary-Lynnette l'aimait bien mais savait que jamais elle ne pourrait être pour elle et son frère une maman de substitution, aussi avait-elle pris l'habitude de s'occuper elle-même de Mark.

Voilà pourquoi elle n'avait pas le temps aujourd'hui de se rendre chez Mme Burdock.

Ce ne fut que le soir venu, après une journée passée à faire du shopping, qu'elle repensa à leur vieille voisine.

Elle aidait à débarrasser la table du dîner, lorsque son père demanda :

– Vous êtes au courant pour Todd Akers et Vic Kimble ?

– Ces glandeurs…, marmonna Mark.

– Qu'est-ce qu'ils ont ? interrogea Mary-Lynnette.

– Ils ont eu une sorte d'accident sur Chiloquin Road, entre Hazel Green Creek et Beavercreek.

– Un accident de voiture ?

– En fait, c'est là que ce n'est pas clair. Apparemment, leur voiture n'a rien eu, mais ils ont tous les deux *cru* avoir eu un accident. Ils sont rentrés chez eux un peu après minuit, en racontant qu'il leur était arrivé quelque chose…

mais ils ne savaient pas quoi. Un peu comme s'ils avaient dans la mémoire un trou de quelques heures. Et vous, vous ne savez rien ?

— Ça ne peut être que les ovnis ! s'écria Mark en se penchant en avant.

— Les ovnis... n'importe quoi ! rétorqua Mary-Lynnette. Tu sais la distance que les petits hommes verts auraient à franchir pour venir jusqu'à nous ? La distorsion de la vitesse, ça n'existe pas... Pourquoi les gens éprouvent-ils toujours le besoin d'inventer des choses quand l'Univers fourmille de faits incroyables qui sont réels ?

Elle s'arrêta net. Tous la regardaient d'un air curieux.

— En fait, Todd et Vic se sont fait tout bêtement rentrer dedans, lança-t-elle de la cuisine en déposant son assiette dans l'évier.

Son père fit la grimace, Claudine prit un air dégoûté et Mark sourit avant de lâcher :

— Dans les deux sens du terme... on espère.

Ce ne fut que de retour au salon qu'une pensée frappa l'esprit de Mary-Lynnette.

Chiloquin Road n'était qu'à trois kilomètres de Kahneta Road, la route où se trouvait leur maison... et celle de Mme Burdock.

Il n'y avait certainement aucun rapport, à moins que les filles n'aient enterré le petit homme vert qui avait agressé Vic et Todd.

Pourtant, cette histoire la travaillait. Deux événements étranges survenant la même nuit, au même endroit. Dans une petite ville endormie où il ne se passait jamais rien.

Je sais, je vais appeler Mme Burdock. Elle me dira que tout va bien, et ça prouvera que je m'inquiète pour rien. Et je pourrai enfin rire de tout ça.

Mais personne ne répondait chez Mme Burdock. Elle eut beau laisser le téléphone sonner, personne ne décrocha ; et le répondeur ne se mit jamais en route. Mary-Lynnette raccrocha, sombre mais étrangement calme. Elle savait ce qu'il lui restait à faire, à présent.

Elle attrapa Mark au vol alors qu'il grimpait l'escalier.

– Il faut que je te parle.

– Écoute, si c'est pour ton Walkman, je...

– Hein ? Non, c'est quelque chose qu'on doit faire ce soir. Qu'est-ce qu'il a, mon Walkman ?

– Euh, rien... rien du tout.

Préférant laisser tomber, elle lâcha :

– Il faudrait que tu m'aides. Hier soir, j'ai vu quelque chose de bizarre, de là-haut, sur la colline...

Après une explication aussi succincte que possible, elle ajouta :

– Et maintenant, il y a ce truc étrange avec Todd et Vic.

La considérant avec un air de pitié, Mark secoua la tête et répliqua :

– Mary, tu sais que tu es complètement givrée ?

– Oui, je sais… Mais je vais quand même aller faire un tour là-bas ce soir.

– Pour faire quoi ?

– Pour vérifier que tout va bien. Je veux juste voir Mme Burdock. Si je peux lui parler, je me sentirai mieux. Et, si je peux découvrir ce qui est enterré dans ce jardin, je me sentirai encore nettement mieux.

– Peut-être qu'elles enterraient Sasquatch. Malgré les recherches lancées dans le Klamaths, on ne l'a jamais retrouvé.

– Mark, tu vas me rembourser ce Walkman. Je ne sais pas ce que tu en as fait mais…

– Euh… oui, d'accord… je te le rembourserai, murmura-t-il sur un ton résigné. Mais, je te le dis tout de suite, il n'est pas question que je parle à ces filles.

– Je ne te demande pas de leur parler. Tu n'auras même pas à les voir. Je voudrais que tu fasses autre chose.

*

* *

Le soleil se couchait. Combien de fois avaient-ils emprunté cette route pour grimper sur la colline de Mary-Lynnette ? La seule différence étant que, ce soir, Mark tenait entre les mains une paire de cisailles et que sa sœur avait ôté le filtre rouge de sa lampe torche.

– Tu ne crois tout de même pas qu'elles ont zigouillé cette bonne femme ?

– Non, répondit-elle candidement. Je cherche juste à remettre le monde à sa place.

– Comment ça, *remettre le monde à sa place ?*

– Tu sais, quand tu as l'habitude de voir le monde d'une certaine manière et que, parfois, tu te demandes : *mince, et si tout était différent de ce que je vois ?* Ou alors : *et si on m'avait adopté, et si ceux que je crois être mes parents n'étaient en fait pas mes parents ?* Tu te dis que, si c'était vrai, ça changerait tout. Et, pendant quelques secondes, tu ne sais même plus ce qui est réel. Eh bien, tu vois, c'est ce que je ressens en ce moment ; et j'aimerais bien me débarrasser de cette idée. Je veux retrouver mon monde à moi.

– Tu sais ce qui est flippant, dans l'histoire ? C'est que je crois comprendre ce que tu veux dire.

Lorsqu'ils atteignirent la ferme Burdock, il faisait totalement sombre. Devant eux, à l'ouest, l'étoile Arcturus semblait être suspendue, scintillante, au-dessus de la maison.

Mary-Lynnette ne tenta pas de se mesurer à la porte branlante ; elle se dirigea droit vers les ronciers, là où un morceau de la palissade était tombé.

La ferme ressemblait beaucoup à leur maison, en plus tarabiscotée. Mary-Lynnette trouvait que tous ces festons et ces pièces chantournées lui donnaient une allure originale, excentrique... comme celle de Mme Burdock elle-même. C'est au moment où son regard se posa sur l'une des fenêtres du premier étage qu'elle crut voir une silhouette se profiler derrière le store.

Bien, se dit-elle, *je sais au moins qu'il y a quelqu'un.*

Tandis qu'ils avançaient sur le sentier recouvert d'herbes folles, Mark ralentit le pas.

– Tu m'as dit que je pourrais rester planqué.

– Oui, c'est vrai... Alors, écoute, si tu allais en même temps porter ces cisailles derrière la maison...

– ... et aussi jeter un œil sur la tombe de Sasquatch pendant que j'y suis ? Et si je creusais un peu, aussi ? Non, pas question.

– D'accord, d'accord. Alors, cache-toi ici et prie pour qu'on ne te voie pas quand on viendra m'ouvrir. Au moins, avec ces cisailles, tu aurais une excuse de te trouver derrière.

Au regard que lui jeta Mark, Mary-Lynnette comprit qu'elle avait gagné. Comme il s'éloignait, elle lui lança cependant :

– Mark, fais attention.

Sans se retourner, il lui répondit par un petit signe de la main.

Dès qu'il fut hors de vue, Mary-Lynnette frappa à la porte d'entrée. Puis elle sonna. Ce n'était pas un bouton mais un anneau de cuivre à tirer. Elle entendit d'ailleurs un carillon à l'intérieur, mais personne ne répondit.

Elle frappa et sonna de nouveau, avec plus d'autorité, cette fois, s'attendant à tout instant à ce que le battant s'ouvre sur la petite Mme Burdock, avec sa voix rocailleuse, ses cheveux gris-bleu et sa robe de coton fleurie. Mais rien. Elle n'obtint aucune réponse.

Mary-Lynnette cessa là les politesses et se mit à cogner d'une main et à sonner avec insistance de l'autre. Alors seulement, au beau milieu de sa frénésie, elle se rendit compte qu'elle avait peur.

Elle mourait de peur. Sa vision du monde vacillait. Mme Burdock ne quittait pratiquement jamais sa maison. Elle répondait toujours quand on sonnait. Et Mary-Lynnette avait pourtant vu de ses propres yeux qu'il y avait *quelqu'un* dans la maison.

Alors pourquoi ne venait-on pas lui ouvrir ?

Son cœur tambourinait dans sa poitrine, et un terrible pressentiment lui nouait l'estomac.

Je devrais filer d'ici et prévenir le shérif Akers. Après tout, c'est son job de gérer ce genre de chose. Mais, en fait, le père de Todd ne lui inspirait pas énormément confiance. Elle redoubla donc de coups, se défoulant de son affolement et de sa frustration sur le vieux battant de bois.

Qui s'ouvrit subitement. Le poing de Mary-Lynnette se figea en plein vol, et, l'espace d'une seconde, elle éprouva une réelle panique. La peur de l'inconnu.

– Vous désirez ?

La voix était douce et joliment modulée. La fille qui lui parlait était tout simplement ravissante. Ce que Mary-Lynnette n'avait pas pu voir du haut de la colline était les mèches claires qui balayaient ses chatoyants cheveux auburn, les traits classiques et réguliers de son visage, la gracieuse silhouette que formait son corps mince et élancé.

– Vous êtes Rowan, lui dit-elle.

– Comment le savez-vous ?

Impossible de vous prendre pour quelqu'un d'autre. Je sens tellement chez vous l'esprit de l'arbre.

– Votre tante m'a parlé de vous. Je m'appelle Mary-Lynnette Carter, j'habite sur Kahneta Road. Vous avez dû apercevoir ma maison en arrivant ici.

L'air réservé, le visage doux et grave, Rowan avait une peau aussi laiteuse que les pétales d'une orchidée blanche.

– Voilà, poursuivit la visiteuse, je voulais vous souhaiter la bienvenue, vous dire bonjour, voir si vous n'aviez besoin de rien.

Rowan esquissa l'ombre d'un sourire et ses yeux se firent plus chaleureux.

– C'est gentil à vous. Vraiment. J'aurais aimé qu'on ait besoin de quelque chose... mais, en fait, tout va bien.

Mary-Lynnette comprit vite que, tout en se montrant extrêmement courtoise et polie, Rowan cherchait à mettre un terme à leur conversation. Elle se hâta donc de lancer un autre sujet sur le tapis.

– Vous êtes trois filles, je ne me trompe pas ? Vous allez à l'école ici ?

– Mes sœurs, oui.

– Ah, super. Je pourrai les emmener faire une petite visite des lieux, si elles veulent. J'entre en terminale cette année.

Vite, vite, un autre sujet..., songea-t-elle.

– Alors, vous aimez Briar Creek ? Ça doit vous paraître plus calme que ce que vous connaissez.

– Vous savez, on vient d'un endroit assez tranquille aussi, reprit Rowan. Mais on aime beaucoup, ici ; c'est une très jolie région. Les arbres, les petits animaux...

Elle s'interrompit.

– Oui, tous ces petits animaux...

Allez, accouche, lui lança une petite voix. Mais sa langue était comme du Velcro. Pour finir, elle balbutia :

– Alors... hum... comment va votre tante ?

– Elle va... bien.

Cet instant d'hésitation était tout ce dont Mary-Lynnette avait besoin. Ses soupçons, ses craintes, tout cela ressortit d'un seul coup, la rendant soudain aussi froide et cassante que de la glace.

– Est-ce que je pourrais lui parler cinq minutes ? Ça ne vous ennuierait pas ? J'ai quelque chose de très important à lui dire.

Elle fit mine d'avancer sur le pas de la porte, mais Rowan ne bougea pas d'un pouce, continuant ainsi de lui bloquer l'entrée.

– Oh, je suis désolée mais… ce n'est vraiment pas possible, pour l'instant.

– Ah, c'est encore une de ses migraines. Mais, vous savez, je l'ai déjà vue au lit, et…

– Non, ce n'est pas la migraine, fit Rowan sur un ton à la fois doux et ferme. En fait, elle s'est absentée pour quelques jours.

– Elle s'est absentée ?

– Je sais, ça vous étonne, sourit-elle en grimaçant légèrement. Elle a décidé de s'offrir un peu de repos. Des petites vacances.

– Alors que vous arrivez juste…, reprit Mary-Lynnette sans comprendre.

– Elle savait qu'on s'occuperait de la maison à sa place. C'est pour ça qu'elle a attendu notre arrivée.

– Mais… enfin… où est-elle allée ?

– Dans le Nord, quelque part sur la côte. Je ne me rappelle pas le nom de la ville.

– Mais…, répéta Mary-Lynnette.

Tout au fond d'elle-même, la petite voix la mettait en garde. C'était le moment de faire preuve de politesse, et de prudence. Le fait d'insister montrerait à cette fille qu'elle se rendait compte qu'il était arrivé quelque chose. Et s'il était arrivé quelque chose, Rowan pouvait se montrer dangereuse...

Mais comment croire cela, devant un visage aussi doux et grave ? Elle n'avait pas l'air dangereuse. C'est alors que Mary-Lynnette remarqua autre chose : Rowan avait les pieds nus. Des pieds aussi pâles que le reste de sa peau, mais musclés, puissants. À la façon dont ils semblaient épouser le sol, dont les orteils étaient dessinés, Mary-Lynnette les imaginait faits pour la course. C'étaient des pieds sauvages, primitifs, qui rappelaient ceux d'un fauve.

Lorsqu'elle releva les yeux, elle vit une fille arriver derrière Rowan. Celle qui avait les cheveux blond foncé. Elle aussi avait la peau laiteuse, et ses yeux étaient jaunes comme l'ambre.

– Ah, voici Kestrel, annonça Rowan.

– Bonjour, articula Mary-Lynnette, soudain reprise par la peur.

La démarche de Kestrel avait quelque chose d'animal, d'aérien. C'était un peu comme si elle flottait au-dessus du sol.

– Qu'est-ce qui se passe ? demanda-t-elle.

– Je te présente Mary-Lynnette, déclara Rowan de la même voix douce. Elle habite un peu plus haut sur la route. Elle est venue voir tante Opale.

– Oui... je voulais voir si vous aviez besoin de quelque chose, s'empressa-t-elle d'ajouter. On est un peu vos seuls voisins.

Volte-face, changement de stratégie, se dit-elle. En regardant Kestrel, elle sentait le danger. Il fallait absolument empêcher ces filles de deviner ce qu'elle savait.

– Tu es une amie de tante Opale ? demanda Kestrel d'une voix soyeuse, en la tutoyant d'office.

Son regard jaune toisa Mary-Lynnette des pieds à la tête puis de la tête aux pieds.

– Oui, je viens la voir de temps en temps. Je l'aide à...

Oh, surtout ne pas parler de « jardinage ».

– ... à s'occuper des chèvres. Hum, j'imagine qu'elle vous a dit qu'on devait les traire toutes les douze heures.

L'expression de Rowan changea, l'espace d'une demi-seconde, et le cœur de Mary-Lynnette bondit littéralement dans sa poitrine. Jamais, jamais Mme Burdock ne s'absenterait sans laisser mille recommandations quant à ses chèvres.

– Oui, bien sûr, elle nous a dit..., répondit doucement Rowan, mais juste un instant trop tard.

Mary-Lynnette avait les paumes moites. Depuis un moment, Kestrel ne la quittait plus de ses yeux jaunes et dépourvus d'âme. Tel l'oiseau de proie fixant le lièvre qu'il allait attaquer et dévorer.

– Bon, il commence à se faire tard, et j'imagine que vous avez des tas de choses à faire. Je vais vous laisser.

Rowan échangea un regard avec Kestrel, puis toutes deux dévisagèrent longuement Mary-Lynnette, qui, une fois de plus, sentit son estomac se retourner.

– Non, ne pars pas tout de suite, articula Kestrel sur un ton mielleux. Entre, plutôt.

5

Mark fit le tour de la maison, sans cesser un instant de se demander en marmonnant ce qu'il faisait ici.

De l'extérieur, il n'était pas facile de pénétrer dans le jardin de derrière. Il dut se frayer un chemin à travers les rhododendrons et les ronciers chargés de mûres qui formaient une épaisse haie autour. Et, lorsqu'il émergea d'un tunnel de verdure, il ne saisit pas immédiatement ce qui s'offrait à son regard et continua de courir jusqu'à ce que son cerveau enregistre enfin ce qu'il avait devant lui.

Hé, mais il y a une fille, ici...

Une jolie fille. Une très jolie fille. Il la voyait clairement sous la lumière du porche. Ses cheveux blonds qui lui descendaient jusqu'aux reins avaient la pâleur et la légèreté de ceux des tout jeunes enfants, et ils dansaient comme de la soie autour de son visage, quand elle bougeait. Plutôt petite et menue, elle avait les mains fines et délicates.

Elle portait une sorte de chemise de nuit à la mode d'autrefois et dansait sur la musique d'une publicité vantant les mérites des prêts bancaires. Sur une marche du perron trônait un vieux radio-réveil, et, un peu plus bas, un petit chat noir qui, en apercevant Mark, fila se cacher dans les buissons.

Pas de crédit… crédit nul… pas de soucis, nous sommes là…, grésillait la radio. La fille dansait, les bras au-dessus de la tête, aussi aériens que du duvet de chardon.

Mark n'en croyait pas ses yeux. Une telle légèreté, jamais il n'avait vu cela.

Comme la publicité s'achevait et que démarrait une chanson country, elle tourna sur elle-même et l'aperçut. Elle se figea, les bras toujours en l'air, les yeux écarquillés et la bouche entrouverte de surprise.

Je lui fais peur, songea Mark. Perdant toute sa grâce, elle se rua sur l'appareil, chercha le bouton d'arrêt sans le trouver puis le secoua en tous sens avec une frénésie qui devint vite contagieuse. Sans réfléchir, Mark laissa tomber les cisailles et fondit sur elle pour lui prendre le réveil des mains. Il tourna le bouton du haut et la chanson s'arrêta net. Alors, il regarda la fille, qui fixa sur lui un regard vert et sauvage. Tous deux haletaient, comme s'ils venaient de désarmer une bombe.

— Moi aussi, je déteste la country, articula-t-il au bout d'un moment.

Jamais il ne s'était adressé ainsi à une fille. Mais jamais non plus il n'avait eu affaire à une fille que sa présence terrifiait. C'était comme s'il voyait son sang battre dans les veines bleu pâle qui apparaissaient sous la peau transparente de son cou.

Mais, cessant soudain de paraître terrifiée, elle se mordit la lèvre et gloussa. Puis, tout en souriant, elle cligna des yeux et renifla.

– J'avais oublié, dit-elle en se tamponnant le coin des yeux, vous n'avez pas les mêmes règles que nous.

– Pour… la musique country ? hasarda-t-il sans comprendre.

Il aimait sa voix. Elle était ordinaire, n'avait rien de céleste. Et cela la rendait plus humaine.

– Pour toutes les musiques de l'extérieur. Et pour la télé, aussi.

L'extérieur de quoi ?

– Heu… bonjour, au fait. Je m'appelle Mark Carter.

– Et moi, c'est Jade Redfern.

– Une des nièces de Mme Burdock, c'est ça ?

– Oui. On est arrivées hier soir. On va vivre ici.

– Eh bien… toutes mes condoléances.

– Des condoléances ? répéta-t-elle en jetant un regard inquiet sur le jardin. Pourquoi ?

– Parce que vivre à Briar Creek, c'est à peu près aussi palpitant que de vivre dans un cimetière.

– Tu... tu as déjà vécu dans un cimetière ? lui demanda-t-elle, comme fascinée.

– Non... enfin... je veux juste dire qu'on s'ennuie à mourir, ici.

– Oh, fit-elle en souriant. Mais, tu sais, c'est intéressant pour nous. Ça va nous changer de là d'où on vient.

– Et vous venez d'où, au juste ?

– D'une île, qui se trouve vers... je dirais, l'État du Maine, par là.

– L'État du Maine.

– Oui.

– Et cette île, elle a un nom ?

– Oui, mais je ne peux pas te le dire.

– Ah, bon.

Est-ce qu'elle se moquait de lui ? Pourtant, il ne lisait ni moquerie ni taquinerie dans son regard. Elle semblait mystérieuse... et innocente. Peut-être avait-elle un problème psychologique. Les élèves du lycée Dewitt n'allaient pas la louper, avec ça. Ils acceptaient mal les différences.

– Écoute, enchaîna-t-il alors, si je peux faire quelque chose pour toi... pour vous. Si vous avez des ennuis ou quelque chose du genre, n'hésitez pas à me le dire. D'accord ?

Elle inclina la tête de côté. Elle n'avait pas l'air intimidée ; elle était plutôt directe, le regardait droit dans les yeux, comme pour chercher à l'évaluer. En prenant son temps. Puis elle sourit, des fossettes se dessinèrent au coin de ses lèvres, et le cœur de Mark bondit malgré lui.

– D'accord, répondit-elle doucement. Mark, tu n'as pas l'air bête, même si tu es un garçon. Tu es un gentil garçon, je ne me trompe pas ?

– Euh…

Il n'avait jamais eu la réputation de faire partie des « gentils garçons », même dans le sens « héros de séries télé ». Il n'était d'ailleurs pas certain de savoir comment il se comporterait s'il était considéré ainsi par son entourage.

– Euh… oui, j'espère que c'est ce qu'on pense de moi.

– Tu sais, déclara-t-elle alors en plantant son regard vert dans le sien, j'ai décidé que j'allais adorer être ici.

Elle sourit de nouveau, et Mark en eut un instant le souffle coupé. Puis elle changea d'expression quand un craquement se fit entendre du côté des ronciers.

Mark l'entendit aussi. Un bruit étrange, sauvage, qui parut tétaniser Jade… de façon disproportionnée. Elle resta comme paralysée, le corps tendu à l'extrême, tremblant de tous ses membres, les yeux fixés sur les buissons. Elle semblait terrifiée.

– Hé, lui dit doucement Mark en lui touchant l'épaule. Ça va, ce n'est rien ; sans doute une des chèvres qui se sera échappée de l'enclos. Les chèvres, ça saute n'importe quelle barrière, tu sais.

Comme elle secouait nerveusement la tête, il ajouta :

– Ou un daim. Quand ils sont tranquilles, leurs pas ressemblent à ceux des humains.

– Ce n'est pas un daim, souffla-t-elle.

– Tu sais, ils viennent souvent brouter les jardins des gens, la nuit. Peut-être que là d'où tu viens, il n'y a pas de biches ou de daims errants qui...

– Je ne sens rien, coupa-t-elle d'une voix étranglée. C'est à cause de ce stupide enclos. Tout sent la chèvre, ici.

Elle ne sentait rien... Mark fit alors la seule chose qui lui vint à l'esprit, après une déclaration comme celle-ci. Il la prit par les épaules.

– Tout va bien, lui assura-t-il avec douceur.

Impossible de ne pas remarquer qu'elle était à la fois fraîche et tiède, souple et merveilleusement vivante sous sa chemise de nuit.

– Si on allait à l'intérieur, suggéra-t-il. Tu te sentiras nettement mieux.

– Laisse-moi, rétorqua-t-elle avec ingratitude. Je vais peut-être devoir me battre.

Elle se dégagea de ses bras et se retourna vers les buissons.

– Reste derrière moi, ordonna-t-elle.

C'est bon, elle est folle, se dit-il. *Je m'en fiche. Je crois que je l'aime...*

Demeurant planté à ses côté, il répondit :

– Moi aussi, je vais me battre. Qu'est-ce que tu crois que c'est ? Un ours, un coyote ?...

– C'est mon frère.

– Ton..., articula-t-il avant de s'interrompre.

Jade venait de franchir la limite de la folie acceptable.

– Oh !...

Un autre craquement leur parvint des broussailles. C'était, effectivement, quelque chose de grand... pas une chèvre. Mark se demandait si un élan avait pu parcourir jusqu'ici la centaine de kilomètres qui les séparait du lac Waldo, quand un cri aigu déchira la nuit.

Un cri humain – ou pire encore, *presque* humain. Aussitôt suivi d'un gémissement qui, lui, était à coup sûr non humain. Il résonna d'abord faiblement puis perça l'espace autour d'eux, comme s'il venait brusquement de se rapprocher. Mark s'immobilisa, stupéfait. Lorsque la plainte se tut enfin, ce fut pour laisser place à des pleurs, très doux, puis plus rien.

– Bon Dieu, c'était quoi ce... ce truc ? demanda Mark d'une voix rauque.

– Chut, ne bouge pas, souffla Jade à demi accroupie, les yeux rivés sur les buissons.

– Jade... Jade, écoute, il faut qu'on aille à l'intérieur.

Il lui passa un bras autour de la taille, dans l'espoir de l'entraîner vers la maison. Elle était légère, mais elle lui coula entre les doigts, comme de l'eau. Comme un chat qui ne voulait pas se laisser caresser.

– Non..., dit-elle en semblant parler entre ses dents.

Sa diction était étrange. Elle tournait le dos à Mark, il ne voyait pas son visage mais seulement ses doigts, recourbés comme des serres.

Jade, insista mentalement Mark. Il n'avait qu'une envie, c'était de filer de là, mais il ne pouvait se résoudre à la laisser. Il ne pouvait pas. Ce n'était pas digne d'un gentil garçon.

Trop tard. Le roncier du fond remua. S'écarta. Quelque chose s'apprêtait à en sortir.

Bien que pétrifié par la terreur, Mark se sentit en même temps bouger, pousser violemment Jade de côté et se placer devant elle pour faire face à ce qui allait surgir dans l'ombre sous leurs yeux.

Mary-Lynnette se fraya à coups de pied un chemin entre les ronciers. Les bras et les jambes tout égratignés, elle sentait des mûres bien grosses et bien noires s'écraser contre sa peau et ses vêtements. Elle avait choisi le mauvais endroit pour traverser la haie, mais ce n'était pas vraiment à cela qu'elle pensait alors. C'était à Mark ; elle n'avait qu'une idée en tête : le retrouver et filer d'ici au plus vite.

Mon Dieu, faites qu'il soit là. Faites qu'il soit là, qu'il soit sain et sauf, et je ne vous demanderai plus jamais rien.

Elle parvint enfin à s'arracher aux dernières branches de ronce, et c'est là que les choses s'accélérèrent. D'abord, elle aperçut Mark et se sentit immensément soulagée. Puis ce fut la surprise. Il se tenait devant une jeune fille, les bras levés comme ceux d'un joueur de basket. Comme pour la protéger de ce qui venait de surgir des buissons.

Alors, la fille se précipita sur Mary-Lynnette, à une telle vitesse que celle-ci eut à peine le temps de se baisser, les mains devant son visage, et d'entendre Mark hurler :

– Non, c'est ma sœur !

La fille s'arrêta à quelques centimètres d'elle. C'était la petite, celle qui avait les cheveux d'argent. Elle était si près que Mary-Lynnette pouvait distinguer ses yeux verts et sa peau aussi translucide que du cristal.

– Jade, c'est ma sœur, répéta Mark. C'est Mary-Lynnette... Elle ne te fera aucun mal. Mary, dis-lui que tu n'as rien contre elle.

Rien contre elle ? Elle ne comprenait pas ce qu'il voulait dire, et ne voulait surtout pas chercher à savoir. La fille était aussi étrangement belle que les deux autres, et quelque chose dans ses yeux – ils n'avaient pas un vert ordinaire, ils étaient comme teintés d'argent – lui donnait la chair de poule.

– Bonsoir, lui dit Jade.

– Bonsoir... Bon, Mark, il faudrait qu'on y aille. Maintenant.

Elle s'attendit à ce qu'il saute sur l'occasion. C'était lui qui n'avait pas voulu venir, en premier lieu. Et voilà qu'il se retrouvait devant la pire de ses phobies – une fille – et qu'il demandait simplement :

– Tu as entendu ce cri ? Tu sais d'où ça venait ?

– Quel cri ? J'étais à l'intérieur. Allez, viens.

Elle lui prit le bras mais, puisqu'ils avaient tous les deux la même force, cela ne servit à rien.

– J'ai peut-être entendu quelque chose, je ne sais pas. Je ne faisais pas attention.

Inquiète, elle avait cherché son frère partout dans la maison, prétendant que leur famille savait où ils s'étaient rendus ensemble et attendait leur retour, racontant que son père et sa belle-mère étaient de grands amis de Mme Burdock et qu'ils étaient impatients d'avoir des nouvelles de ses nièces. Tout cela sans même être sûre que les filles la laisseraient repartir pour ces bonnes raisons. Cependant, Rowan avait fini par se lever, et, avec son sourire toujours aussi grave et doux, lui avait ouvert la porte.

– Tu sais, expliquait Mark à Jade, je parie que c'était un carcajou. Qui serait descendu jusqu'ici de la forêt de Willamette.

– Un carcajou ? répéta Jade, les sourcils froncés.

Se tournant vers Mary-Lynnette, elle demanda :

– C'est ce que tu crois aussi ?

– Oh... oui... ça ne pouvait être qu'un carcajou.

Je devrais lui demander où est sa tante. C'est le moment ou jamais de la prendre en flagrant délit de mensonge. Elle va me répondre quelque chose, n'importe quoi, mais certai-

nement pas que sa tante est partie s'offrir des petites vacances
dans le Nord, sur la côte. Et, là, j'en aurai le cœur net.

Mais elle ne fit rien. Elle n'en avait tout simplement
pas le courage. Plus question de chercher à faire mentir
qui que ce soit. Ce qu'elle voulait, c'était déguerpir d'ici
au plus vite.

– Mark, s'il te plaît, on y va...

Il la regarda et, pour la première fois, parut se rendre
compte de son malaise.

– Oui... d'accord.

S'adressant à Jade, il demanda :

– Si tu rentrais, maintenant ? Tu serais plus en sécurité
à l'intérieur. Et, peut-être... peut-être que je pourrais
venir te voir un de ces jours.

Mary-Lynnette continuait de lui tirer la manche et, à
son grand soulagement, il parut enfin prêt à la suivre. Elle
se dirigea vers le roncier qu'elle avait piétiné en pénétrant
dans le jardin.

– Passez plutôt par là, proposa Jade. C'est une sorte
de sentier.

Mark fit aussitôt demi-tour en entraînant Mary-
Lynnette avec lui. Elle aperçut alors un passage assez large
entre deux rhododendrons, qu'elle n'aurait jamais vu
d'elle-même à moins de savoir ce qu'elle cherchait.

Alors qu'ils atteignaient la haie, Mark et Mary-
Lynnette se retournèrent.

De là où ils se trouvaient, Jade n'était plus qu'une silhouette sombre sous la lumière du porche, mais ses cheveux, éclairés de derrière, formaient un halo scintillant autour de sa tête. Ce tableau fantastique arracha un souffle à Mark.

— Revenez un de ces jours, leur lança la jeune fille. Pour nous aider à traire les chèvres, comme l'a dit tante Opale. Elle nous a laissé des instructions très précises avant de partir en vacances.

Confondue, Mary-Lynnette en resta sans voix.

Saisie de vertige, elle s'élança dans le trou entre les deux buissons. Lorsqu'ils se retrouvèrent sur la route, elle demanda :

— Mark, qu'est-ce qui s'est passé quand tu es entré dans le jardin ?

— Quoi, « qu'est-ce qui s'est passé » ? Il ne s'est rien passé.

— Tu as pu regarder à l'endroit où elles avaient creusé ?

— Non, s'empressa-t-il de répondre. Jade était dans le jardin quand j'y suis entré. Je n'ai pas pu regarder quoi que ce soit.

— Mark… est-ce qu'elle était là tout le temps ? Jade ? Est-ce qu'elle est rentrée un instant dans la maison ? Ou alors, est-ce qu'une des filles en est sortie à un moment ou à un autre ?

— Je ne sais même pas à quoi ressemblent les deux autres, si tu veux savoir. La seule que j'ai vue, c'est Jade. Et elle n'a pas quitté le jardin.

Il lui jeta un regard sombre.

– Encore ta fixette sur *Fenêtre sur cour*, c'est ça ?

Elle ne répondit pas, s'efforçant plutôt de rassembler des pensées qui allaient dans tous les sens.

Je n'y crois pas. Et pourtant elle l'a bien dit. Des instructions à propos de la traite des chèvres, avant que sa tante ne parte en vacances...

Pourtant, Rowan ne savait rien pour les chèvres avant que Mary-Lynnette ne lui en parle. Elle aurait pu jurer qu'elle ne le savait pas. Elle était tellement sûre que la jeune fille inventait tout à propos de ce départ.

D'accord, peut-être se trompait-elle. Mais cela ne voulait pas dire pour autant que Rowan disait la vérité. Peut-être avaient-elles inventé cette histoire avant ce soir... et peut-être Rowan n'était-elle aussi qu'une piètre actrice. Ou alors...

– Mark, ça va te paraître dingue... mais est-ce que Jade avait sur elle un téléphone portable ?

Il s'arrêta net, considéra sa sœur d'un regard qui en dit plus long que les mots eux-mêmes.

– Mary-Lynnette, qu'est-ce que tu as ?

– Rowan et Kestrel m'ont dit que Mme Burdock était en vacances. Qu'elle avait tout à coup décidé de partir se reposer, au moment précis où elles arrivaient en ville.

– Et alors ? C'est ce qu'a dit Jade aussi.

– Mark, Mme Burdock a vécu dix ans ici et jamais elle n'a pris de vacances. Jamais. Comment aurait-elle décidé d'en prendre précisément le jour où ses nièces viennent habiter avec elle ?

— Peut-être parce qu'elles peuvent s'occuper de la maison sans elle, suggéra Mark avec une logique confondante.

C'était exactement ce que Rowan avait dit. Mary-Lynnette eut alors la vague impression d'être un peu paranoïaque, de penser que tout le monde conspirait, se liguait contre elle. Sur le point de lui parler des chèvres, elle se ravisa subitement.

Oh, et puis arrête avec ça, se dit-elle. Même Mark trouve le moyen d'être logique. Essaie d'être un peu rationnelle avant de te précipiter chez le shérif Akers.

Le fait est — elle devait le reconnaître — qu'elle avait paniqué. Elle se méfiait tellement de ces filles qu'elle en avait oublié toute logique, sans avoir la moindre preuve. Au point de prendre la fuite.

Comment, dans ce cas, aller voir le shérif et lui dire qu'elle soupçonnait quelque chose sous prétexte que Rowan avait des pieds étranges ?

Il n'y a aucune preuve. Aucune, sauf que…

— … sauf que tout nous ramène à ce qu'il y a d'enterré dans le jardin, marmonna-t-elle tout haut.

Mark, qui marchait à côté d'elle dans un silence renfrogné, laissa tomber :

— Quoi ?

– Tout nous ramène à ce qu'il y a d'enterré dans le jardin, répéta-t-elle, les yeux clos. C'est là que j'aurais dû regarder, quand j'en ai eu l'occasion ; même si Jade me voyait. C'est la seule preuve qu'on ait. Donc, il faut que je retourne voir ce qu'il y a dans ce trou.

– Attends, écoute...

– Je dois y aller, Mark. Pas ce soir, je suis morte de fatigue. Mais demain. Il faut que je voie ce qu'elles ont enterré avant d'aller parler au shérif Akers.

– Avant quoi ? ! explosa-t-il. Qu'est-ce que tu racontes... aller parler au shérif ?

Mary-Lynnette hésita un instant. Elle n'avait pas compris à quel point Mark voyait les choses différemment d'elle. *Est-ce qu'il serait ?...*

– Tu voulais aller voir où était Mme Burdock, on y est allés. Elles nous ont dit où elle était. Et tu as vu Jade. Je sais qu'elle est assez originale ; un peu comme ce que tu disais de Mme Burdock, excentrique. Mais, franchement, est-ce qu'elle avait l'air capable de faire du mal à quelqu'un ?

C'est bon, il est amoureux d'elle, se dit Mary-Lynnette. *Ou, du moins, elle lui plaît. Mark s'intéresse à une fille...*

Elle était de plus en plus désorientée.

Cela pouvait faire tant de bien à son frère... si seulement la fille n'avait l'air aussi folle. Et, au fond, même si elle l'était... du moment que cela ne conduisait pas à un homicide. Quoi qu'il en soit, il était impossible d'en parler à la police tant qu'elle n'avait pas de preuve.

Et Jade, est-ce qu'elle l'aimait aussi ? Ils avaient en tout cas l'air de se protéger mutuellement quand Mary-Lynnette avait fait irruption dans le jardin.

— Non, tu as raison, finit-elle par dire, heureuse d'avoir appris à mentir, ce soir. Ce n'est pas le genre de personne à vouloir faire du mal à quelqu'un. Je laisse tomber.

Je laisse tomber avec toi. Et, demain, quand tu me croiras en train d'observer les étoiles, je viendrai ici en cachette. Avec ma pelle, cette fois. Et peut-être un gros pieu pour me défendre des carcajous.

— Tu crois vraiment avoir entendu un carcajou, là-bas ? demanda-t-elle soudain pour changer de sujet.

— Euh… oui, peut-être, répondit Mark qui perdait peu à peu son air renfrogné. C'était quelque chose de bizarre, que je n'avais jamais entendu avant. Alors, tu vas oublier tous tes délires sur Mme Burdock ?

— Oui.

Tout ira bien, songea-t-elle. Cette fois, je ne paniquerai pas, et je m'arrangerai pour que personne ne me voie. Et puis, si elles voulaient me tuer, elles l'auraient fait ce soir.

— C'est peut-être bien Sasquatch que tu as entendu crier, observa Mark.

6

– **P**ourquoi est-ce qu'on ne l'a pas tuée ? interrogea Kestrel.

Rowan et Jade se regardèrent. S'il y avait peu de choses sur lesquelles elles étaient d'accord, Kestrel en faisait partie.

– D'abord, on avait choisi ensemble de ne pas faire ça ici. On n'utilise pas nos pouvoirs...

– Et on ne se nourrit pas d'humains, pas plus qu'on ne les tue, acheva Kestrel. Pourtant, tu as déjà utilisé tes pouvoirs, ce soir ; tu as appelé Jade.

– Il fallait bien que je lui fasse savoir quelle histoire je venais de raconter sur tante Opale. En fait, j'aurais dû arranger ça plus tôt. J'aurais dû prévoir que les gens viendraient demander de ses nouvelles.

– C'est la seule qui soit venue, pour le moment. Si on la tuait...

– On ne va pas tuer les gens dans notre nouvelle maison, rétorqua sèchement Rowan. Et puis, elle a dit que sa famille l'attendait. On ne va pas non plus les tuer tous.

Kestrel haussa les épaules.

– Oui, on ne va pas décimer toute une famille, insista sa sœur aînée.

– Mais si on l'influençait seulement, proposa Jade.

Assise avec Tiggy sur les genoux, elle ne cessait d'embrasser le velours noir de sa tête.

– Si on lui faisait oublier ses soupçons. Ou, mieux, si on lui faisait croire qu'elle avait vu tante Opale.

– Ce serait possible, oui... s'il n'y avait qu'elle, reprit patiemment Rowan. Mais elle n'est pas toute seule. Est-ce qu'on va devoir influencer tous ceux qui vont entrer dans cette maison ? Et ceux qui appellent au téléphone ? Et les profs ? N'oubliez pas que, toutes les deux, vous reprenez l'école dans deux semaines.

– Peut-être qu'on va devoir se passer d'en parler, c'est tout, commenta Kestrel sans le moindre regret.

– Non, il nous faut une solution... durable. Il faut qu'on trouve une explication raisonnable à la disparition de tante Opale.

– Il faut la bouger de là, laissa platement tomber Kestrel. Il faut s'en débarrasser.

– Non, non, repartit Rowan. Il faudra qu'on puisse montrer son corps, si la police le demande.

– Dans cet état ?

Alors qu'elles commençaient à discuter âprement sur le sujet, Jade posa le menton sur la tête de son chat et dirigea un regard rêveur vers la fenêtre à petits carreaux de la cuisine. Elle pensait à Mark Carter, qui s'était montré si attentionné, et le seul souvenir de son visage lui procurait de délicieux frissons interdits. Chez eux, aucun humain ne se baladait librement comme cela. Jamais elle n'aurait été tentée de violer les lois du Night World en s'éprenant de l'un d'eux. Mais ici… oui, Jade se voyait bien tomber amoureuse de Mark Carter. Comme si elle était humaine.

Elle frissonna dans son délire. Mais, alors qu'elle tentait de se représenter ce que pouvait faire une humaine quand elle était amoureuse, Tiggy remua brusquement. Il se dégagea de ses bras et bondit sur le sol, hérissé des pieds à la tête.

Jade jeta un nouveau regard à la fenêtre. Elle ne voyait rien. Mais… elle *sentait*…

Tournant les yeux vers ses sœurs, elle déclara :

– Il y avait quelque chose dans le jardin, ce soir. Mais aucune odeur ne me parvenait.

Rowan et Kestrel, qui continuaient de discuter, ne l'entendirent pas.

Mary-Lynnette ouvrit les yeux et éternua. Elle n'avait pas entendu son réveil. Les rayons du soleil s'infiltraient par les côtés de ses rideaux bleu marine.

Allez, remue-toi et va bosser, s'encouragea-t-elle.

Mais, au lieu de cela, elle resta à se frotter les yeux en tentant de se réveiller. Elle n'était décidément pas du matin.

Sa chambre était grande et peinte en bleu nuit. Mary-Lynnette avait disposé elle-même les étoiles et les planètes lumineuses qui ornaient le plafond, et sur son miroir était collé un sticker qui disait « Je craque pour les astéroïdes ». Les murs, eux, étaient occupés par une carte géante et en relief de la Lune, ainsi que par des photos des Pléiades, de la nébuleuse de la Tête de Cheval, et de l'éclipse totale de 1995.

C'était le sanctuaire de Mary-Lynnette, l'endroit où elle se retirait quand elle se sentait incomprise. La nuit était son refuge.

Elle bâilla, se leva et se dirigea d'un pas traînant vers la salle de bains, saisissant au passage un jean et un tee-shirt. Elle se brossait les cheveux en descendant l'escalier quand elle entendit des voix au rez-de-chaussée.

Celle de Claudine… et une autre, masculine, qui n'était pas celle de Mark, car, en semaine, celui-ci restait la plupart du temps chez son ami Ben. Une voix qu'elle ne connaissait pas.

Elle se glissa dans la cuisine et jeta un regard discret dans le salon. Il y avait un garçon assis sur le canapé, dont elle ne voyait que les cheveux… d'un blond quasi argenté.

Haussant les épaules, elle se dirigea vers le réfrigérateur quand elle entendit prononcer son nom.

– Mary-Lynnette est très amie avec elle, disait Claudine avec son délicieux petit accent. Je me rappelle qu'il y a quelques années elle l'a aidée à réparer l'enclos de ses chèvres.

Ils parlent de Mme Burdock !

– Pourquoi est-ce qu'elle a des chèvres ? continua Claudine. Je crois qu'elle a dit à Mary-Lynnette que ça l'aiderait parce qu'elle ne pouvait plus beaucoup sortir, ces derniers temps.

– C'est bizarre, répliqua le garçon d'une voix paresseuse. Je me demande ce qu'elle voulait dire par là.

Mary-Lynnette, qui, à présent, ne les quittait plus des yeux ni des oreilles, vit Claudine faire usage de son plus charmant sourire pour répondre :

– Je suppose qu'elle parlait du lait. Chaque jour, elle a du lait, maintenant. Elle n'a plus besoin d'aller en acheter. Mais je ne sais pas... Il faudrait le lui demander toi-même.

Ça ne va pas être facile, songea Mary-Lynnette. *Mais pourquoi cet inconnu est-il venu poser des questions sur Mme Burdock ?*

Mais oui, il devait être de la police ou quelque chose du genre. Le FBI, peut-être. Cependant, à sa voix, il avait l'air bien trop jeune pour ça... à moins qu'il n'ait été envoyé pour infiltrer le lycée et enquêter sur la drogue.

Mary-Lynnette s'approcha pour mieux le voir. Parfait, elle l'apercevait à présent dans le miroir.

Et ce qu'elle vit la déçut.

Il n'était définitivement pas assez vieux pour être du FBI. Et il n'avait rien du policier au regard affûté, aux gestes vifs, à l'allure solide qu'elle aurait été en droit d'attendre d'un agent infiltré. Cependant, c'était tout simplement le plus bel homme qu'elle ait jamais rencontré.

Mince, élégant, ses longues jambes étendues devant lui, les chevilles croisées sous la table basse, il avait l'air d'un grand félin à l'allure placide. Les traits fins, les yeux légèrement bridés, il affichait un sourire aussi paresseux que désarmant.

Pas seulement paresseux, songea Mary-Lynnette. Stupide. Fade. Peut-être même idiot. La beauté ne l'impressionnait pas... à moins que le personnage ne soit mince, brun et du genre intéressant comme... comme Jeremy Lovett, par exemple. Les garçons sublimes – ceux qui ressemblaient à de grands chats au pelage argenté – n'avaient aucune raison de développer leur esprit. Ils étaient bien trop vaniteux et absorbés par eux-mêmes. Et avaient un QI au ras des pâquerettes.

Et ce garçon semblait être complètement endormi, pas du tout prêt à sauver sa vie, s'il le devait.

Mais, en fait, je me moque de savoir pourquoi il est là. Je remonte.

C'est alors que l'inconnu sur le canapé leva une main et se mit à agiter les doigts. Il se tourna à moitié. Pas assez pour apercevoir Mary-Lynnette, mais suffisamment pour lui faire comprendre qu'il s'adressait à quelqu'un derrière lui. Elle voyait à présent son profil dans le miroir.

– Bonjour, lâcha-t-il.

– Mary-Lynnette, c'est toi ? appela Claudine.

– Oui.

Se hâtant d'aller ouvrir le frigo, elle fit exprès de faire le plus de bruit possible.

– Je me sers un peu de jus de fruit avant de partir, lança-t-elle.

Son cœur battait comme jamais – d'énervement et de gêne à la fois. D'accord, il avait dû l'apercevoir dans le miroir. À voir son expression, il pensait sans doute qu'elle le regardait ; comme le faisaient sans doute tous ceux qui le croisaient. Aucun intérêt, donc. Autant s'en aller.

– Attends, ne pars pas tout de suite, résonna la voix de Claudine. Viens parler avec nous un instant.

Non. Mary-Lynnette savait sa réaction stupide et enfantine, mais c'était plus fort qu'elle. Elle cogna délibérément un jus d'abricot contre une bouteille d'eau pétillante.

– Viens, que je te présente le neveu de Mme Burdock, insista Claudine.

À ce nom, Mary-Lynnette se figea.

Debout devant le frigo ouvert, elle regarda sans la voir la température remonter à vue d'œil. Puis elle reposa la bouteille de jus d'abricot et, d'un geste automatique, extirpa une canette de Coca de son emballage de plastique.

Quel neveu ? Jamais elle ne m'a parlé d'un neveu.

Mais elle n'avait entendu qu'une seule fois Mme Burdock parler de ses nièces, elle n'évoquait d'ailleurs que rarement sa famille.

Ainsi, ce type était son neveu. Voilà pourquoi il posait des questions sur elle. Mais, est-ce qu'il savait ? Avait-il tout manigancé avec ces filles ? Ou alors était-il à leur poursuite ? Ou...

De plus en plus confuse, elle finit par les rejoindre au salon.

— Mary-Lynnette, je te présente Ash, déclara Claudine. Il est venu rendre visite à sa tante et à ses sœurs. Ash, voici Mary-Lynnette, celle qui s'entend si bien avec ta tante.

Ash se leva, d'un bond souple et gracieux.

— Salut, articula-t-il en lui tendant la main.

Mary-Lynnette le toucha de ses doigts humides et froids, le regarda droit dans les yeux et répondit :

— Salut...

Sauf que leur premier contact fut loin d'être aussi simple.

Voici ce qui se passa, en fait : Mary-Lynnette avait les yeux sur le tapis quand elle entra, ce qui lui permit de voir nettement ses tennis Nike et les genoux troués de son jean. Lorsqu'il se leva du canapé, elle observa son tee-shirt orné d'un mystérieux dessin – une fleur noire sur fond blanc ; sans doute l'emblème d'un groupe de rock. Et, lorsque sa main se trouva dans son champ de vision, elle lui tendit automatiquement la sienne, en marmonnant un vague bonjour et en le regardant d'un air détaché. Et...

Vint alors l'instant le plus difficile à décrire.

Le contact.

Quelque chose de très étrange se passa.

On se connaît, non ?

Non, elle ne le connaissait pas. C'était là le mystère. Elle ne le connaissait pas mais avait le sentiment de le connaître... et l'impression qu'on lui avait touché l'épine dorsale avec du fil électrique. Une sensation extrêmement désagréable. La pièce autour d'elle prit une teinte vaguement rose. Sa gorge se mit à gonfler si fort qu'elle sentit son cœur y battre. Tout aussi désagréable. Mais, d'une certaine manière, prises toutes ensemble, ces émotions l'étourdissaient plus qu'autre chose...

Un peu comme ce qu'elle avait ressenti en observant la nébuleuse du Lagon. Ou en imaginant des galaxies rassemblées en amas et superamas, de plus en plus gros, jusqu'à ce que leur taille n'ait plus aucun sens et qu'elle-même se sente vaciller.

Elle tombait, à présent. Elle ne voyait plus rien, que ses yeux. Des yeux étranges, des prismes qui changeaient de couleur comme une étoile aperçue à travers une épaisse atmosphère. Bleue, puis dorée, puis violette.

Oh, ôtez ça de ma vue, je n'en veux pas.

– Quel plaisir de voir un nouveau visage par ici, lâcha Claudine sur le ton le plus naturel du monde. On s'ennuie tellement, dans cette ville.

Mary-Lynnette émergea soudain de sa torpeur et réagit comme si Ash lui avait offert une mangouste au lieu de sa main. Elle fit un bond en arrière, les yeux partout sauf sur lui. Elle devinait que la voix de Claudine l'avait empêchée de tomber dans un puits sans fond.

– Oh, je comprends…, articula celle-ci avec son accent si charmant.

Elle tortillait entre ses doigts une mèche de ses boucles brunes, ce qu'elle ne faisait qu'en cas d'extrême nervosité.

– Peut-être que vous vous connaissez déjà, finalement.

Il y eut un silence.

Je devrais dire quelque chose, songea Mary-Lynnette, encore en proie à l'étourdissement. *J'ai l'air d'une folle, et j'humilie Claudine sans le vouloir.*

Mais, que s'était-il passé, au juste ?

Aucune importance. Elle y réfléchirait plus tard.

Elle se ressaisit, afficha un sourire de circonstance et demanda :

– Tu vas rester là combien de temps ?

Son erreur fut de le regarder dans les yeux. Et tout recommença. Pas aussi intensément qu'un peu plus tôt, et peut-être aussi parce qu'elle ne le touchait pas. Mais l'impression de choc électrique fut la même.

Lui-même était comme un chat qui vient de recevoir un choc. Hérissé. Furieux. Désemparé. Mais au moins semblait-il réveillé, cette fois. Leurs regards se croisèrent pendant que la pièce tournoyait et rosissait autour d'eux.

– Qui es-tu ? demanda Mary-Lynnette en oubliant toute politesse.

– Qui es-tu ? dit Ash à son tour sur le même ton.

Tous deux s'observèrent longuement.

Claudine claquait nerveusement de la langue tout en débarrassant le jus de tomate. Mary-Lynnette se sentait un peu désolée pour elle mais ne pouvait lui accorder aucune attention tant elle était concentrée sur celui qui se tenait en face d'elle. Pour le bloquer, l'empêcher de pénétrer son esprit. Pour se débarrasser du sentiment étrange qu'elle était l'une des deux pièces de puzzle qui venaient de se trouver emboîtées.

– Écoute, lâcha-t-elle d'une voix nerveuse à l'instant où il commençait... Écoute.

Tous deux s'arrêtèrent et se fixèrent à nouveau. Puis Mary-Lynnette parvint à s'arracher à son regard. Quelque chose l'entraînait mentalement ailleurs.

– Ash…, souffla-t-elle en saisissant cette occasion inespérée. Ash, Mme Burdock a dit quelque chose à ton sujet… à propos d'un petit garçon prénommé Ash. Je ne savais pas qu'elle parlait de son neveu.

– Son petit-neveu, corrigea-t-il d'une voix nettement moins assurée que précédemment. Qu'est-ce qu'elle a dit ?

– Que tu étais un vilain petit garçon et qu'en grandissant tu serais sans doute encore pire.

– Ah, elle n'avait pas tort.

Son expression se fit soudain plus douce, comme s'il se sentait en terrain connu.

Le cœur de Mary-Lynnette ralentissait un peu. Elle se rendait compte que, si elle se concentrait, elle pouvait faire fuir cette étrange sensation. Et, si elle cessait de regarder Ash, c'était encore plus facile.

Calme-toi, se dit-elle. *Respire un coup. Voilà. Maintenant, mets tout ça de côté ; tu y penseras plus tard. Qu'est-ce qui est important, maintenant ?*

Primo, ce garçon était le frère des trois filles. Secundo, il pouvait très bien être impliqué dans ce qui était arrivé à Mme Burdock. Et tertio, s'il n'était pas impliqué, il pouvait aider Mary-Lynnette en lui fournissant quelques explications. Par exemple, sa tante avait-elle laissé un testament ? Et, dans ce cas, qui héritait ?

Elle regarda Ash du coin de l'œil. Il semblait, comme elle, nettement plus calme. Tous deux reprenaient peu à peu leurs esprits.

— Alors, Rowan, Kestrel et Jade sont tes sœurs, dit-elle avec toute la nonchalance dont elle se sentait capable. Elles ont l'air gentilles.

— Je ne savais pas que tu les connaissais, déclara Claudine en se dirigeant vers la porte, les bras croisés, un torchon à la main. Je lui ai dit que tu ne les avais jamais vues.

— Je suis allée les voir hier avec Mark.

À peine eut-elle prononcé ces mots qu'un éclair flasha sur le visage d'Ash, pour disparaître aussitôt. Ce qui donna néanmoins l'impression à Mary-Lynnette de se retrouver au bord d'une falaise dans un froid glacé.

Pourquoi ? Qu'avait-elle déclenché en annonçant connaître ces filles ?

— Toi et Mark ?... Mark serait donc... ton frère ?

— Exactement, lança Claudine du pas de la porte.

— Tu as d'autres frères et sœurs ?

— Pourquoi ? Tu fais un recensement ?

Ash esquissa – faiblement – un de ses sourires paresseux.

— Non, mais j'aime bien savoir qui sont les amis de mes sœurs.

Pourquoi ?

– Pour donner ton accord, c'est ça ?

– En fait, oui, sourit-il – cette fois plus franchement. On forme une famille à l'ancienne. Très à l'ancienne.

D'abord étonnée par cette réponse, Mary-Lynnette s'en trouva très satisfaite. À présent, elle n'avait plus à se soucier d'un meurtre éventuel, d'une pièce qui rosissait ou de ce que savait ce garçon. Il ne lui restait plus qu'à réfléchir à ce qu'elle allait lui faire.

– Vous êtes donc une famille à l'ancienne, dit-elle en faisant un pas en avant.

– Oui.

– Et c'est toi le chef.

– Ici, oui. Chez nous, c'est mon père.

– Et tu vas dire à tes sœurs quels amis elles peuvent avoir. Peut-être que tu vas aussi choisir ceux de ta tante.

– C'est précisément de ça que je discutais avec…

Il tendit une main vers Claudine.

Oui, c'est ça, pensa Mary-Lynnette avant de faire un autre pas vers Ash, qui continuait de sourire.

– Oh, non, intervint Claudine en faisant claquer son torchon. Ne souris pas.

– J'aime les filles qui ont du caractère, lâcha Ash qui cherchait manifestement la chose la plus odieuse à dire.

Puis, jouant à fond la provocation, il sourit et gratifia Mary-Lynnette d'une chiquenaude au menton.

Ce geste déclencha une gerbe d'étincelles qui les firent bondir tous deux en arrière, Ash contemplant sa main d'un air incrédule comme si elle l'avait trahi.

Mary-Lynnette éprouva alors l'irrésistible envie de se jeter sur lui pour le flanquer à terre. Une chose qui ne lui était jamais arrivée auparavant.

Mais, surmontant cette pulsion, elle se contenta de lui envoyer un coup de pied à la mâchoire.

Ash poussa un cri de surprise et recula brusquement. Une fois encore, l'espèce de suffisance endormie qu'il affichait disparut de son visage, et il eut soudain l'air alarmé.

– Je crois que tu devrais partir, maintenant, lui dit la jeune fille.

Son assurance la surprit elle-même. Elle n'était pas du genre violent, pourtant. Peut-être y avait-il en elle un caractère caché, une force insoupçonnée.

Interdite, muette, Claudine secouait la tête sans comprendre. Mary-Lynnette avança de nouveau vers Ash, qui, même s'il avait une demi-tête de plus qu'elle, recula tout en la considérant d'un air stupéfait.

– Hé, attention, hasarda-t-il, tu ne sais pas ce que tu fais… Si tu savais…

Et, de nouveau, Mary-Lynnette entrevit cet éclair sur son visage, qui effaça d'un coup chez lui toute expression stupide ou placide. Comme le scintillement d'une lame sous un rayon de lumière. Quelque chose qui annonçait le danger…

– Oh, va ennuyer quelqu'un d'autre, lui conseilla-t-elle avant de reculer le pied pour lui flanquer un autre coup.

Il ouvrit la bouche, pour la refermer aussitôt. Se tenant le menton, il regarda Claudine et parvint à former un piètre sourire qui se voulait séduisant.

– Merci mille fois de m'avoir…

– Dehors ! s'écria Mary-Lynnette.

Tout sourire disparut de son visage quand il répliqua :

– C'est ce que je fais !

Il clopina vers la porte d'entrée, la jeune fille sur ses talons.

– Comment on t'appelle, au fait ? demanda-t-il une fois dans le jardin. Mary ? Marylin ? M'lin ? M. L. ?

– Mary-Lynnette, si tu veux savoir.

Puis, entre les dents, elle ajouta :

– Ça me va très bien…

Elle avait lu *La Mégère apprivoisée*, l'année dernière.

– Ah, oui ? Et pourquoi pas M'lin la maudite ? fit-il tout en s'éloignant.

Elle en demeura interdite. Peut-être qu'eux aussi avaient lu cette œuvre en cours. Pourtant, il n'avait franchement pas l'air assez cultivé pour citer ainsi Shakespeare.

– Amuse-toi bien avec tes sœurs ! lui lança-t-elle.

Une fois la porte refermée derrière lui, elle s'appuya contre le battant, le souffle court. Ses doigts et son visage étaient tout engourdis, comme si elle allait s'évanouir.

Si au moins ces filles l'avaient tué, j'aurais compris, songea-t-elle. *Mais ils sont tous tellement bizarres. Cette famille a vraiment quelque chose d'étrange.*

Ce qui n'était pas fait pour la rassurer. Elle avait un mauvais pressentiment. Un très mauvais pressentiment.

– Je n'y crois pas ! lui lança Claudine de l'entrée du salon. Tu l'as carrément mis dehors. Je peux savoir pourquoi ?

– Il ne voulait pas partir, c'est tout.

– Tu sais parfaitement ce que je veux dire. Vous vous connaissez ?

Mary-Lynnette haussa les épaules. Son étourdissement passait un peu mais son esprit était noyé sous une foule de questions.

Claudine la considéra un long moment puis déclara :

– Je me souviens de mon petit frère ; à quatre ans, il s'amusait régulièrement à pousser une petite fille tête la première dans le bac à sable. Il faisait ça pour lui montrer qu'il l'aimait bien.

– Claudine, fit Mary-Lynnette en ignorant sa réflexion, pourquoi Ash est-il venu ? De quoi avez-vous parlé ?

– De rien, répondit-elle sur un ton exaspéré. On a eu une conversation tout à fait ordinaire. Qu'est-ce que ça peut te faire, puisque tu le détestes tant ?

Puis, comme la jeune fille continuait de la regarder d'un air interrogateur, elle soupira et dit :

– Il semblait passionné par les faits étranges qui se passent dans les campagnes. Toutes les histoires survenues dans le coin.

– Tu lui as parlé de Sasquatch ?

– Je lui ai parlé de Vic et Todd.

– Ce n'est pas vrai ?! Pourquoi ?

– Parce que c'est le genre de chose qu'il voulait savoir ! Des gens perdus dans le temps...

– Qui perdent la notion du temps.

– Oui, peu importe. On a eu une conversation agréable. C'est un type sympa. Dommage.

Le cœur de Mary-Lynnette battait à tout rompre.

Elle ne s'était pas trompée. Elle en était sûre, à présent. D'une manière ou d'une autre, Todd et Vic avaient un lien avec les filles et Mme Burdock. Mais... quel lien ?

Elle avait bien l'intention de le découvrir.

7

Retrouver Todd et Vic n'allait pas être une mince affaire.

L'après-midi était déjà bien avancé lorsque Mary-Lynnette entra dans le magasin général de Briar Creek, où l'on trouvait à peu près tout, des clous jusqu'aux bas Nylon en passant par les boîtes de petits pois.

– Salut, Bunny. Tu n'aurais pas vu Todd ou Vic dans les parages, par hasard ?

Bunny Marten leva le nez du comptoir. Jolie, les cheveux blonds, le visage rond, doux et timide, elle était dans la classe de Mary-Lynnette.

– Tu as regardé au Gold Creek Bar ?

– Oui, je n'ai vu personne.

– Et chez eux, ou dans l'autre magasin ? Ou encore au bureau du shérif ?

Le bureau du shérif qui faisait également office de mairie et de bibliothèque.

– Ils n'y sont pas non plus.

– D'habitude, quand ils ne jouent pas au billard, ils s'amusent à tirer sur des boîtes de conserve, dans les bois.

– Où, dans les bois ?

– Là, tu m'en demandes trop, répondit Bunny dont les boucles d'oreilles brillaient à chaque mouvement de sa tête.

Elle hésita, contempla ses cuticules qu'elle repoussait soigneusement avec une fine tige de bois, puis ajouta :

– Mais, tu sais, j'ai entendu dire qu'il leur arrivait d'aller à Mad Dog Creek, parfois.

Elle posa sur Mary-Lynnette un regard bleu qui en disait long.

Mad Dog Creek... génial, songea celle-ci en grimaçant.

– Je sais, reprit Bunny. Moi non plus, je n'aurais pas trop envie d'aller là-bas. Je penserais tout le temps à ce cadavre...

– Oui, moi aussi. Enfin, merci, Bun. À plus tard.

Les yeux toujours sur ses ongles, elle répondit d'un air absent :

– Bonne chasse...

Mary-Lynnette sortit du magasin et cligna des yeux sous le brûlant soleil d'août. Main Street était bordée de bâtisses de briques datant de l'époque où Briar Creek servait de base d'approvisionnement à la mine d'or voisine, et de quelques autres maisons plus modernes à la peinture écaillée. Todd et Vic ne se trouvaient dans aucune d'elles.

Que faire, alors ? Mary-Lynnette soupira. Il n'y avait pas de route menant à Mad Dog Creek, seulement un chemin constamment envahi de végétation sauvage qui y poussait en toute liberté. Et, au bord du cours d'eau, on faisait tout autre chose que de s'entraîner au tir.

S'ils sont allés là-bas, c'est pour chasser, se dit-elle. Et pour boire, et même se défoncer, je parierais. Les flingues, la bière... et puis ce cadavre.

C'était l'année dernière, à peu près à cette époque, qu'on l'avait découvert. Un randonneur, à voir son sac à dos. Personne ne savait qui il était ni comment il était mort – son corps était trop desséché et dévoré par les animaux pour y déceler quoi que ce soit. Mais on évoquait des fantômes, qu'on aurait vus flotter au-dessus de la rivière, l'hiver dernier.

Mary-Lynnette laissa échapper un nouveau soupir et grimpa dans son break.

C'était une vieille voiture, truffée de points de rouille, qui faisait des bruits douteux quand on accélérait un peu trop ; mais c'était la sienne, et elle faisait tout pour la garder en état. Elle l'adorait parce qu'il y avait toute la place pour y ranger son télescope.

Arrêtée pour faire le plein à la seule station-service de Briar Creek, elle sortit de sous son siège un couteau à fruits et s'activa à ôter le bouchon du réservoir d'essence.

Un peu plus haut... presque, presque... et, maintenant, je tourne...

Le bouchon céda.

– Tu n'as jamais eu envie de te lancer dans le perçage de coffres-forts ? résonna une voix derrière elle. Tu as le coup de main, on dirait.

– Oh... salut, Jeremy.

Il lui sourit – d'un sourire qui se voyait surtout à ses yeux brun clair et ornés de cils outrageusement longs.

Si je devais tomber raide pour un garçon – ce qui n'arrivera jamais –, ce serait pour quelqu'un comme lui. Et non pas pour un grand chat blond qui se croit investi du devoir de choisir les amis de ses sœurs.

Inutile de songer à quoi que ce soit, de toute façon – Jeremy ne sortait pas avec les filles. C'était un solitaire.

– Tu veux que je jette un coup d'œil sous le capot ? proposa-t-il en s'essuyant les mains avec un chiffon.

– Non, merci. J'ai tout vérifié la semaine dernière.

Comme elle commençait à faire le plein, il saisit un essuie-vitre et une bouteille de spray et se lança dans le nettoyage de son pare-brise. Ses gestes étaient souples et efficaces, et son visage particulièrement solennel.

Tout en réprimant un petit rire, Mary-Lynnette apprécia qu'il ne se moque pas de voir la vitre rayée et pleine de cratères, et le caoutchouc des essuie-glaces quasi décomposé. Elle se sentait beaucoup d'affinités avec lui. C'était la seule personne à Briar Creek qui paraissait montrer un semblant d'intérêt pour l'astronomie. En classe de quatrième, il l'avait aidée à construire un mobile représentant le système solaire, et, bien sûr, l'année dernière, il avait observé l'éclipse de Lune avec elle.

Ses parents étaient morts à Medford quand il n'était encore qu'un bébé, et son oncle l'avait amené à Briar Creek dans une caravane Fleetwood. Un oncle étrange, qui, armé de ses baguettes de radiesthésiste, avait pour habitude de partir chercher de l'or dans la région reculée de Klamath. D'où, un soir, il n'était pas revenu.

Depuis ce jour, Jeremy vivait seul dans la caravane, au milieu des bois. Accomplissant toutes sortes de boulots, il travaillait, entre autres, à la station-service pour se faire un peu d'argent. Et, si ses vêtements n'étaient pas aussi chic que ceux des autres garçons de son âge, il s'en moquait – ou faisait celui qui s'en moquait.

La poignée du tuyau cliqua dans la main de Mary-Lynnette, qui se rendit compte qu'elle rêvassait.

– Tu as besoin d'autre chose ? lui demanda Jeremy.

Le pare-brise était propre, et il ne voyait plus ce qu'il pouvait faire pour elle.

– Non... en fait, si. Tu n'aurais pas... aperçu Todd Akers ou Vic Kimble, aujourd'hui, par hasard ?

– Pourquoi ? fit-il en acceptant le billet de vingt dollars qu'elle lui tendait.

– Je voulais leur parler, c'est tout.

Elle sentit son visage s'empourprer.

Oh, non… il doit croire que je cherche à sortir avec eux… et il pense maintenant que je suis folle de lui demander ça.

Elle se dépêcha alors d'expliquer :

– C'est que… Bunny m'a dit qu'ils pouvaient être à Mad Dog Creek ; alors j'ai pensé que tu pouvais les avoir vus… ce matin, peut-être, puisque tu habites par ici…

– Non. Je suis parti à midi, mais je n'ai entendu aucun coup de feu venant de la rivière, ce matin. En fait, je ne crois pas qu'ils y soient venus de tout l'été ; je passe mon temps à leur dire de ne pas venir traîner dans le coin.

Même s'il parlait d'une voix tranquille, Mary-Lynnette eut soudain la désagréable impression que Todd et Vic pouvaient l'entendre. Elle savait que Jeremy ne se bagarrait jamais, mais, parfois, son regard brun avait une lueur… presque effrayante. Comme si, sous ses airs de garçon zen, il y avait une sorte d'instinct sauvage, primitif – mortel, même – qui pouvait s'avérer très dangereux, si on le réveillait.

– Mary-Lynnette, tu vas peut-être penser que ce ne sont pas mes affaires, mais… je crois que tu devrais éviter ces types. Ou alors, si tu veux vraiment partir à leur recherche, laisse-moi y aller avec toi.

Une vague de gratitude submergea Mary-Lynnette. Elle refuserait bien sûr son offre, mais c'était tellement gentil à lui de lui proposer son appui.

– Merci… mais ça ira. Merci, Jeremy.

Elle le regarda rentrer dans la boutique pour aller chercher la monnaie qu'il lui devait. Comment était-ce de vivre seul depuis l'âge de douze ans ? Peut-être avait-il besoin d'aide. Peut-être devrait-elle demander à son père de lui proposer du travail chez eux, comme ce qu'il faisait pour les autres. Il lui fallait seulement se montrer discrète : Jeremy ne supportait pas qu'on lui fasse la charité.

– Voilà ta monnaie, lui dit-il, une fois revenu auprès d'elle. Et, Mary-Lynnette…

– Oui ?

– Si tu retrouves Todd et Vic… sois prudente.

– Je ferai attention, promis.

– Je suis sérieux, insista-t-il.

– Je sais, Jeremy.

Comme elle cherchait à récupérer son argent dans la main du garçon, il fit quelque chose d'étrange : d'une main, il lui ouvrit les doigts pendant que, de l'autre, il lui rendait les pièces et les billets. Puis il replia ses doigts sur les siens… pour se retrouver ainsi avec sa main dans la sienne.

Ce bref contact physique la surprit. Et la toucha. Elle se surprit à observer ses longs doigts minces, à goûter la pression à la fois puissante et délicate qu'ils exerçaient autour de sa main, à contempler la chevalière qu'il portait, ornée sur le dessus d'un motif noir.

Elle fut encore plus surprise lorsqu'elle releva les yeux et qu'elle lut de l'inquiétude sur son visage. Et aussi quelque chose qui ressemblait à du respect. L'espace d'un instant, elle éprouva l'inexplicable et violente envie de tout lui raconter. Mais elle imagina aussitôt ce qu'il allait penser. Jeremy était un garçon très pragmatique.

– Merci, répéta-t-elle avec un sourire forcé. Sois prudent.

– C'est à toi d'être prudente, corrigea-t-il. Il y en a certains à qui tu manquerais beaucoup, s'il t'arrivait quelque chose.

Il sourit en disant cela, mais, tandis qu'elle s'éloignait, Mary-Lynnette sentit peser sur elle son regard soucieux.

Et maintenant, qu'est-ce que je fais ?

Après avoir gaspillé la plus grande partie de sa journée à chercher Todd et Vic, elle finissait par se demander si cette idée n'était pas totalement stupide. L'image de ces yeux bruns ne quittait plus son esprit.

Des yeux bruns… Et de quelle couleur étaient ceux du grand chat blond ? Étrange, elle ne parvenait pas à s'en souvenir. Elle pensait qu'ils lui avaient paru bruns à un certain moment – quand il lui avait parlé de sa famille « à l'ancienne ». Mais, quand il avait dit qu'il aimait les filles avec du caractère, elle se rappelait leur avoir trouvé un bleu insipide. Et, lorsqu'un éclair avait fait scintiller son regard comme la lame d'un couteau sous le soleil, n'avaient-ils pas pris une teinte grise et glaciale ?

Oh, et puis, quelle importance ? Peut-être qu'ils étaient orange, après tout. Elle allait rentrer et se préparer pour ce soir.

Comment Nancy Drew s'y prenait-elle pour toujours trouver les gens qu'elle voulait interroger ?

*
* *

Pourquoi ? Pourquoi ? Pourquoi moi ?

Ash contemplait sans le voir un saule dont les longues branches effleuraient la rivière. Un écureuil, trop stupide pour se retirer du soleil, l'observait. Sur une pierre près de lui, un lézard leva d'abord une patte puis l'autre.

Ce n'était pas juste.

Il n'arrivait pas à y croire.

Il avait toujours eu de la chance. Ou, du moins, il avait toujours échappé d'un cheveu à la catastrophe. Mais, cette fois, le cataclysme l'avait heurté de plein fouet et c'était pour lui l'anéantissement total.

Tout ce qu'il était, tout ce qu'il croyait savoir de lui… pouvait-il perdre tout cela en cinq minutes ? Pour une fille qui était sans doute dérangée et certainement plus dangereuse que ses trois sœurs réunies ?

Il connaissait tant de filles – de jolies filles. Des sorcières au sourire mystérieux, des vampires aux courbes délicieuses, des créatures polymorphes à la jolie queue de fourrure. Et même des humaines paradant dans de superbes voitures de sport, qui se moquaient royalement de se faire mordiller le cou. Si, au moins, il avait eu affaire à l'une d'entre elles...

Eh bien, non. Et inutile, maintenant, de revenir sur cette injustice. La question était de savoir à présent ce qu'il allait faire de cela. S'asseoir et laisser le destin lui rouler dessus comme un quinze tonnes ?

« Désolé pour ta famille », lui avait dit Quinn. Et c'était peut-être là le problème. Ash était victime de ses gènes Redfern. Des Redfern qui ne savaient que s'attirer les ennuis ; qui semblaient en permanence devoir se colleter aux humains.

Allait-il donc attendre le retour de Quinn et lui offrir cela en guise d'excuse ? « Désolé, mais je suis incapable de maîtriser ce qui se passe ici. Je n'arrive même pas au bout de mon enquête. »

S'il lui disait cela, Quinn ferait appel aux Anciens, et ceux-ci feraient leur propre investigation.

Ash sentit son expression se durcir. Il fixa l'écureuil, qui, dans un éclair de fourrure mordorée, bondit vers l'arbre. À côté de lui, le lézard s'immobilisa.

Non, il n'attendrait pas que le destin ait raison de lui. Il allait faire tout ce qui était en son pouvoir pour sauver la situation — et l'honneur de la famille.

Et cela, dès ce soir.

— On va s'en occuper ce soir, déclara Rowan. Dès que la nuit sera tombée ; et avant que la lune se lève. On va l'emmener dans la forêt.

Kestrel eut un sourire magnanime. Elle avait gagné.

— On va devoir être très prudentes, dit Jade. La chose que j'ai entendue dehors, hier soir, ce n'était pas un animal. Je pense que c'était l'un de nous.

— Il n'y a aucune autre créature de la nuit, par ici, la rassura Rowan. C'est pour ça qu'on est venues s'installer dans le coin.

— C'était peut-être un chasseur de vampires, suggéra Kestrel. Peut-être celui qui a tué tante Opale.

— Si c'est bien un chasseur de vampires qui a tué tante Opale, reprit sa sœur aînée. Mais, ça, on n'en sait rien. Demain, il faudrait qu'on aille jeter un coup d'œil en ville, pour tenter de découvrir qui a pu faire ça.

— Et, quand on les trouvera, on se chargera d'eux, affirma Jade avec détermination.

— Et, si la chose que tu as entendue dans le jardin vient encore pointer le bout de son mufle, on s'en occupera aussi, enchaîna Kestrel, avant d'afficher un sourire gourmand.

C'était le crépuscule, et Mary-Lynnette regarda sa montre. Sa famille était tranquillement installée pour la nuit ; son père plongé dans un livre sur la Seconde Guerre mondiale, Claudine consciencieusement penchée sur sa broderie, Mark s'efforçant d'accorder une vieille guitare oubliée dans la cave depuis des années. Il essayait manifestement de trouver des mots qui rimaient avec « Jade ».

Levant le nez de son bouquin, le père de Mary-Lynnette lui demanda :

– Tu vas observer les étoiles, ce soir ?

– Oui. Ça devrait être une belle nuit – pas de lune avant minuit. C'est la dernière chance que j'aie de voir un peu des Perséides.

Elle ne mentait pas vraiment. Cela promettait d'être effectivement une belle nuit, et, tout en marchant vers la ferme Burdock, elle pourrait jeter de temps à autre un coup d'œil pour tenter d'apercevoir les traînées de la pluie d'étoiles filantes.

– D'accord, mais fais attention, lui dit-il.

Cette incitation à la prudence l'étonna. Cela faisait des années qu'il la laissait s'aventurer seule la nuit, en pleine campagne. Elle regarda Claudine, qui, les lèvres pincées, se battait avec son aiguille.

– Peut-être que Mark pourrait t'accompagner, suggéra-t-elle sans lever la tête de son ouvrage.

D'accord, elle me croit un peu folle. Et, au fond, elle n'a peut-être pas tort.

– Non, non, ça ira, s'empressa-t-elle de répliquer. Je vais faire attention.

– Tu n'as pas besoin d'aide, avec tout ton barda ? s'étonna Mark.

– Non, je vais prendre la voiture. Ça ira. Vraiment.

Mary-Lynnette fila vers le garage avant que l'un d'eux ne cherche encore le moyen de l'empêcher de partir.

Elle n'embarqua pas son télescope mais prit à la place une pelle qu'elle posa sur le siège arrière de son break. Après avoir passé son appareil photo autour du cou, elle glissa dans sa poche une minilampe torche.

Quelques minutes plus tard, elle se gara au pied de sa colline. Avant de sortir la pelle, elle leva un regard dubitatif vers le nord-est, en direction de la constellation de Persée.

Aucune traînée, aucun météore, pour l'instant. Parfait. Ses clés à la main, elle se retourna pour ouvrir le hayon de sa voiture... et bondit en arrière.

– Oh, mon Dieu !...

Elle se trouvait nez à nez avec Ash.

– Bonsoir.

Son cœur se mit à battre à cent à l'heure et ses jambes à flageoler. *De peur,* se dit-elle. *Seulement de peur.*

– J'ai failli me prendre une crise cardiaque ! Ça t'arrive souvent d'approcher les gens en silence, comme ça ?

Elle s'attendait à une réponse finaude, chargée, au choix, de menace ou de mépris, mais Ash se contenta de froncer les sourcils en répliquant :

– Non. Et toi, qu'est-ce que tu fais ici ?

Son pouls cessa de battre quelques secondes, puis elle s'entendit articuler :

– J'observe les étoiles. Je fais ça toutes les nuits. Tu peux noter ça pour la police de la pensée.

– Tu observes les étoiles ? répéta-t-il en considérant son break.

– Oui. De cette colline, là-haut.

Maintenant, Ash regardait l'appareil photo qu'elle portait autour du cou.

– Sans télescope, commenta-t-il, sceptique. Ou alors, c'est ce que tu as dans la voiture ?

Ses clés toujours à la main, elle se rendit compte qu'elle n'en avait toujours pas ouvert le hayon.

– Je ne l'ai pas apporté, ce soir.

Elle se dirigea vers le siège passager, ouvrit la portière et tendit le bras vers ses jumelles.

– Pas besoin de télescope pour observer les étoiles. Tu vois plein de choses, avec ça.

– Ah, oui ?

– Bien sûr.

Là, tu commets une erreur en faisant comme si tu ne me croyais pas, songea Mary-Lynnette, amusée. *Attends, tu vas être étonné...*

– Tu veux voir de la lumière vieille de millions d'années ? proposa-t-elle.

Puis, sans attendre la réponse, elle ajouta :

– Alors, place-toi face à l'est, prends ces jumelles et base-toi sur la ligne des arbres à l'horizon. Maintenant, lève la tête...

Elle lui donna une série d'ordres, tel un sergent en pleines manœuvres.

– À présent, est-ce que tu vois un disque brillant entouré d'une sorte de brouillard ?

– Euh... oui.

– C'est Andromède. Une autre galaxie. Mais si tu essayais de l'observer à travers un télescope, tu ne la saisirais pas en entier. Regarder dans un télescope, c'est comme regarder le ciel à travers une paille ; on a un point de vue très étroit.

– D'accord, d'accord, tu marques un point, fit-il en abaissant les jumelles. Écoute, on peut arrêter deux minutes ? Je voudrais te parler...

– Tu veux voir le centre de notre galaxie ? coupa-t-elle. Tourne-toi vers le sud.

Elle l'incita à se tourner, mais surtout sans le toucher. Elle n'osait pas. Trop d'adrénaline bouillonnait déjà en elle. S'il y avait un contact entre eux, elle risquait d'exploser.

— Tourne-toi, ordonna-t-elle.

Il ferma brièvement les paupières puis obtempéra, avant de replacer les jumelles devant ses yeux.

— Tu dois d'abord regarder dans la constellation du Sagittaire, continua-t-elle. Tu la vois ? C'est là que se trouve le cœur de la Voie lactée. Là que sont tous les nuages d'étoiles.

— C'est beau.

— Oui, c'est beau. Bon, maintenant monte un peu vers l'est — tu devrais tomber sur une tache de faible brillance...

— La rose ?

— Oui... la rose, répondit-elle en lui jetant un bref coup d'œil. En général, les gens ont du mal à la voir. C'est la nébuleuse Trifide... ou du Trèfle, si tu préfères.

— Et ces lignes sombres, au milieu, qu'est-ce que c'est ?

Mary-Lynnette se figea.

Oubliant d'un seul coup son attitude de sergent, elle fit un pas en arrière et, bouche bée, regarda Ash.

Abaissant de nouveau ses jumelles, il demanda :

— Qu'est-ce qu'il y a ?

— Ce sont des nébuleuses obscures. Des régions de poussière en surimpression devant des gaz brûlants. Mais... tu ne peux pas les voir.

– Si, je les ai vues.

– Non, non, c'est impossible ! On ne peut pas les voir avec de simples jumelles. Même si tu avais des pupilles dilatées à neuf millimètres...

Elle sortit la lampe de sa poche et la lui passa devant le visage.

– Hé ! lâcha-t-il en bondissant en arrière, les mains devant ses paupières soudain fermées. Ça fait mal !

Mais Mary-Lynnette avait vu. Elle avait vu... qu'on ne pouvait précisément pas voir la couleur de ses yeux, car la partie colorée, l'iris, ne formait plus qu'un anneau si fin qu'il en devenait invisible. Ce n'étaient maintenant que deux pupilles ; comme celles d'un chat au maximum de leur dilatation.

Mon Dieu, tout ce qu'il pouvait voir... Des étoiles de huitième magnitude, des couleurs dans un nuage d'étoiles – le rose de l'hydrogène brûlant, le bleu-vert de l'oxygène, des amas de milliards d'étoiles dans le ciel !...

– Vite, dit-elle. Combien d'étoiles vois-tu en ce moment ?

– Je ne vois rien, marmonna-t-il, la main toujours sur les yeux. Je suis aveugle.

– Non, je veux dire, sérieusement.

Et elle lui saisit le bras.

La dernière des choses à faire. Elle n'avait pas réfléchi. Et, quand elle toucha sa peau, ce fut comme un choc électrique qui la traversa de part en part. Ash abaissa la main et la regarda.

L'espace d'un instant, ils se firent face, se fixèrent. Une sorte d'éclair vibra entre eux. Puis elle s'écarta.

Mon Dieu, je n'en peux plus. Pourquoi est-ce que je suis là, debout devant ce type, à lui parler ? J'ai bien assez à faire ce soir. J'ai un cadavre à trouver…

— Bon, finie, la leçon d'astronomie, souffla-t-elle, la main tendue pour récupérer ses jumelles. Je grimpe là-haut, maintenant.

Elle ne lui demanda pas où il allait. Elle s'en moquait, du moment qu'il partait.

Il hésita un instant avant de lui rendre les jumelles. Et, lorsqu'il le fit, il prit soin de ne pas la toucher.

Très bien, songea-t-elle. *On ressent tous les deux la même chose.*

— Au revoir.

— Au revoir, répondit-il gauchement.

Il fit mine de partir, s'arrêta et, la tête basse, murmura :

— Ce que je voulais dire…

— Oui ?

Sans se retourner, il articula d'une voix neutre :

— Ne t'approche pas de mes sœurs, d'accord ?

Stupéfaite, elle fut incapable de répliquer quoi que ce soit. Puis elle se dit que, peut-être, il savait que c'étaient des tueuses et qu'il cherchait à la protéger. Comme Jeremy.

Malgré sa gorge serrée à mort, elle parvint à demander :

— Pourquoi ?

— Je ne pense pas que tu aurais une bonne influence sur elles. Elles sont du genre impressionnables ; tu pourrais leur donner des idées.

J'aurais dû m'en douter, se dit-elle avant de lâcher :

— Ash, va te faire voir.

8

Elle attendit encore une heure après son départ, sans cesser de se demander pourquoi il était parti vers l'est. Il n'y avait rien là-bas, à part deux petits cours d'eau, beaucoup d'arbres... et sa maison à elle, aussi. S'il espérait regagner la ville à pied, il ne réalisait certainement pas à quel point il en était loin.

Bon, il est parti, de toute façon... je laisse tomber. J'ai une mission à effectuer – plutôt dangereuse – et ça ne le regarde pas. À mon avis, il ignore tout de ce qui est arrivé à Mme Burdock.

Elle attrapa la pelle et s'engagea sur la route, en direction de l'ouest. Tout en marchant, elle se rendit compte qu'elle était capable d'oublier complètement Ash. Car seule comptait maintenant la tâche qui l'attendait.

Je n'ai pas peur, je n'ai pas peur, je n'ai pas peur... Si, bien sûr que je suis morte de trouille !

Mais c'était excellent d'avoir peur. Cela ne la rendrait que plus prudente. Elle allait accomplir ce travail vite et bien. Il suffisait de traverser le roncier grâce au trou dans la haie, de donner quelques coups de pelle, puis de se dépêcher de ressortir avant qu'on ne la voie.

Elle s'efforça de ne pas penser à ce qu'elle allait trouver en creusant, si elle ne se trompait pas.

Elle approcha prudemment de la ferme Burdock, la contournant de façon à l'atteindre par l'arrière. Non entretenu, le terrain était envahi de végétation sauvage, de sumac vénéneux, de yuccas, d'ajoncs et des inévitables mûriers hérissés de ronces. Bientôt, ces prairies seraient devenues de véritables forêts.

Je n'arrive pas à croire à ce que je suis en train de faire, se dit Mary-Lynnette en atteignant la haie qui entourait le jardin. Si, elle le croyait. Elle s'apprêtait à vandaliser une propriété et à peut-être se retrouver à contempler un cadavre. Et cette idée la laissait étonnamment calme. Elle avait peur mais se sentait loin de la panique. Y avait-il en elle davantage de force qu'elle ne le soupçonnait ?

Je ne suis peut-être pas ce que j'ai toujours cru être.

Le jardin était sombre et odorant. Ce n'étaient pas les iris et les jonquilles que Mme Burdock avait plantés. Ce n'étaient pas les lauriers-roses ou les cœurs-de-Marie qui poussaient en toute liberté. C'étaient les chèvres.

Une fois la haie traversée, la jeune fille s'immobilisa, les yeux braqués sur la masse sombre de la maison. Seules deux fenêtres étaient éclairées.

Surtout, ne pas me laisser voir ; surtout, ne pas faire de bruit...

Sans quitter la ferme des yeux, elle s'avança lentement, à petits pas, vers l'endroit où la terre avait été remuée. Les premiers coups de pelle qu'elle y donna remuèrent à peine le sol.

D'accord, j'y mets un peu plus de conviction. Et, inutile de surveiller la maison ; ça ne sert à rien. Si elles regardent dehors, elles vont me voir, et là, je serai fichue.

Comme elle posait le pied sur la pelle, un bruissement se fit entendre derrière elle, dans les rhododendrons.

Shhhh...

Penchée en avant, Mary-Lynnette se figea.

Pas de panique, se dit-elle. Ce ne sont pas les sœurs. Ce n'est pas non plus Ash qui revient. C'est juste un animal.

Elle tendit l'oreille. Un lugubre gémissement lui parvint de l'abri des chèvres.

Ce n'était rien. Juste un lapin. Allez, creuse !

Elle dégagea une pelletée de terre... juste avant que le bruit ne résonne encore.

Shhhh...

Une sorte de souffle. Suivi d'un froissement. Certainement un animal. Mais, si c'était un lapin, il était énorme.

Après tout, quelle importance ? Il n'y avait pas de bête dangereuse, dans le coin. Et Mary-Lynnette n'avait pas peur du noir. C'était son habitat naturel, là où elle se sentait bien. Elle aimait la nuit.

Ce soir, cependant, elle éprouvait un sentiment différent. Peut-être était-ce la scène avec Ash qui l'avait un peu secouée… déroutée, contrariée. Mais, à cet instant, elle avait l'impression que quelque chose cherchait à lui dire que l'obscurité n'était pas l'habitat naturel d'un humain. Qu'elle n'était pas faite pour cela, avec sa faible vision, ses oreilles insensibles et son pauvre flair. Que ce monde de la nuit n'était pas le sien.

Shhhh…

J'ai peut-être une oreille pourrie, mais j'entends quand même très bien ce bruit. Et c'est énorme. Il y a quelque chose de gros qui souffle derrière ces buissons.

Quel genre de gros animal pourrait se trouver là ? Ce n'était pas un daim ; les daims n'émettaient pas ce genre de sifflement ronflé. Cela avait l'air d'être plus grand qu'un coyote. Un ours ?

C'est alors qu'elle perçut un bruit différent. Celui des épaisses et cartonneuses feuilles de rhododendron que l'on secouait. À la faible lueur lui parvenant de la maison, elle voyait les branches remuer tandis que quelque chose tentait d'en émerger.

Mary-Lynnette saisit sa pelle et courut. Non pas vers le passage au travers de la haie, et pas non plus vers la maison – c'était bien trop dangereux. Elle se rua vers l'abri des chèvres.

Je pourrai me défendre, ici ; tenir la chose en respect ; la frapper avec ma pelle…

L'ennui était qu'elle ne distinguait rien de là où elle venait de trouver refuge. Il y avait deux fenêtres, dans la cabane, mais entre la poussière sur les vitres et l'obscurité qui régnait dehors, elle ne voyait strictement rien. Même pas les chèvres, alors qu'elle les entendait tout près d'elle.

Ne pas allumer sa minilampe de poche, qui trahirait sa présence.

Totalement immobile, elle tendit l'oreille pour écouter ce qui se passait à l'extérieur.

Rien.

L'odeur des chèvres était presque insoutenable. La litière de paille mêlée aux crottes en décomposition empestait et maintenait l'abri dans une chaleur étouffante. Crispées sur le manche de la pelle, les mains de Mary-Lynnette étaient moites de transpiration.

Jamais je n'ai frappé personne… sauf lorsque je me battais avec Mark quand on était enfants. Et à part ce matin, évidemment, où j'ai flanqué un coup de pied à un inconnu.

Elle espérait que toute la violence qu'elle avait en elle s'exprimerait maintenant, quand elle en avait besoin.

Une chèvre lui donna un léger coup de tête à l'épaule. Mary-Lynnette la repoussa. L'autre se mit alors à bêler, et la jeune fille se mordit la lèvre.

Cette fois, elle avait entendu quelque chose dehors. La biquette aussi.

Elle lécha sa lèvre qui saignait un peu. C'était comme aspirer la pointe d'un stylo. Le sang avait le goût du cuivre. Un goût qui ressemblait à la peur, réalisa-t-elle en frissonnant.

C'est alors que la porte de l'abri s'ouvrit d'un coup.

Et, cette fois, Mary-Lynnette paniqua.

Une créature inquiétante en avait après elle. Qui reniflait comme un animal mais qui savait ouvrir les portes comme un humain. Elle ne voyait pas ce que c'était — juste une ombre contre l'obscurité. Sans songer une seconde à allumer sa lampe de poche, elle n'avait qu'une idée en tête : frapper violemment la chose avec sa pelle ; l'anéantir avant de se faire anéantir par elle. L'instinct qui l'animait en ce moment n'était que pure violence.

Cependant, elle parvint à souffler :

— Qui… qui est là ?

— Je savais que tu allais faire ça, lui répondit une voix familière. Je te cherchais partout.

— Bon Dieu, Mark ! fit-elle en s'écroulant contre le mur derrière elle.

Les deux chèvres bêlaient tout ce qu'elles savaient, à présent, vrillant les oreilles de Mary-Lynnette. Mark s'avança plus à l'intérieur.

– Bon sang, ça pue, ici ! Qu'est-ce que tu fais là, exactement ?

– Espèce d'idiot, j'ai failli t'exploser le crâne !

– Tu disais que tu allais laisser tomber tout ça. C'était du baratin, hein ?

– Mark, tu ne comprends pas... Oh, on parlera de ça plus tard... Tu as entendu quelque chose, dehors ?

– Qu'est-ce que j'aurais pu entendre ?

Il paraissait si calme qu'elle se sentit gourde, tout à coup.

Puis la voix de Mark se fit plus tendue quand il ajouta :

– Un miaulement ?

– Non, une sorte de ronflement, plutôt.

Sa respiration s'apaisait peu à peu.

– Je n'ai rien entendu. On ferait mieux de sortir d'ici. Qu'est-ce qu'on va lui dire, si Jade vient par ci ?

Mary-Lynnette ne sut pas quoi lui répondre. Son frère vivait dans un autre monde ; un monde heureux, brillant, où le pire qui puisse lui arriver était de se faire surprendre là où il n'était pas censé être.

– Mark, écoute-moi, dit-elle enfin. Je suis ta sœur. Je n'ai aucune raison de te mentir, de te jouer des tours ou de briser quelqu'un que tu aimes. Et je ne tire pas non plus des conclusions hâtives ; je ne me tape pas un délire, comme tu peux le croire. Mais je te dis – et je suis ultra-sérieuse – qu'il se passe quelque chose de bizarre avec ces filles.

Mark ouvrit la bouche pour protester mais elle poursuivit sans lui en laisser le temps :

– Alors, maintenant, tu as le choix de croire une chose ou l'autre : soit je suis complètement givrée, soit ce que je te dis est vrai. Est-ce que tu penses que je suis folle ?

Elle songeait au passé, en disant cela. À toutes les nuits qu'ils avaient passées à se soutenir mutuellement, quand leur mère était malade. Aux livres qu'elle lui avait lus à voix haute. À toutes les fois où elle avait posé du spara-drap sur ses genoux écorchés, où elle avait ajouté des biscuits dans son sac de cours. Et, même si tout était sombre autour d'eux, elle devinait que son frère se rappelait tout cela lui aussi. Ils avaient partagé tant de choses. Ils resteraient toujours unis par des liens indéfectibles.

– Non, tu n'es pas folle, concéda-t-il enfin.

– Merci.

– Mais je ne sais pas quoi penser. Jade ne ferait de mal à personne. Je le sais, c'est tout. Et, depuis que je l'ai rencontrée...

Il s'interrompit.

– Mary, c'est un peu comme si je savais maintenant pourquoi je suis sur cette terre. Elle est différente de toutes les filles que je connais. Elle... elle est courageuse, drôle, et tellement... elle-même.

Et moi qui croyais que c'étaient ses cheveux blonds qui l'attiraient... Ça montre à quel point je suis superficielle.

Mary-Lynnette était émue et surprise de constater un tel changement chez Mark. Mais, surtout, elle crevait de peur. Son frère, d'ordinaire si renfrogné et cynique, s'était laissé apprivoiser par quelqu'un... une fille dont l'aïeule était sans doute Lucrèce Borgia.

Elle n'avait pas besoin de le voir pour deviner de l'anxiété dans sa voix quand il demanda :

— Mary, on peut rentrer à la maison ?

Aussitôt, sa peur redoubla.

— Mark...

Elle s'arrêta soudain, et tous deux levèrent vivement la tête vers les fenêtres aux vitres ternies. Dehors, une lumière venait d'apparaître.

— Ferme la porte, lui souffla-t-elle.

Ce qu'il s'empressa de faire.

— Et surtout, pas de bruit, ajouta-t-elle en lui prenant le bras pour l'attirer contre le mur.

Se rapprochant prudemment de la fenêtre, elle regarda.

Rowan fut la première à sortir, suivie de Jade et de Kestrel. Celle-ci tenait une pelle à la main.

Non, pas ça...

– Qu'est-ce qu'il y a ? demanda Mark en s'avançant pour voir, lui aussi.

Mary-Lynnette lui plaqua une main sur la bouche.

Les filles repartaient donc creuser dans le jardin.

Cette fois, elle ne vit rien d'emballé dans un sac-poubelle. Alors, qu'allaient-elles faire ? Détruire la preuve ? L'emmener dans la maison et la brûler, la couper en morceaux ?

Son cœur battait à lui en faire exploser la poitrine.

Mark avait lui aussi les yeux rivés dehors. Sa sœur l'entendit prendre sa respiration… puis s'étrangler de stupeur. Peut-être s'efforçait-il de chercher une explication à tout cela. Elle lui agrippa l'épaule.

Tous deux virent les filles prendre chacune leur tour avec la pelle. Mary-Lynnette fut de nouveau impressionnée par la force qu'elles montraient. Jade paraissait si fragile.

Chaque fois qu'une des sœurs jetait un coup d'œil dans le jardin derrière elles, le cœur de Mary-Lynnette bondissait. *Pitié, ne nous voyez pas, ne nous entendez pas, ne nous surprenez pas…*

Quand le tas de terre creusée leur parut respectable, Rowan et Kestrel descendirent dans le trou puis, avec précaution, soulevèrent le long paquet emballé de plastique. Il semblait raide, et étonnamment léger.

Trop léger pour être un corps ? se demanda Mary-Lynnette pour la première fois. Ou trop raide ?... Combien de temps durait la rigidité cadavérique ?

À côté d'elle, la respiration de Mark était irrégulière, presque haletante.

Les filles transportaient maintenant leur fardeau vers le passage à travers la haie.

— Meeerde, souffla Mark.

— Reste là, murmura sa sœur dont le cerveau bouillonnait littéralement. Je vais les suivre...

— Non, je vais avec toi !

— Il vaudrait mieux que tu ailles prévenir papa, s'il m'arrive quelque chose...

— Je vais avec toi, insista-t-il avec fermeté.

Pas le temps de discuter. Et puis, tout au fond d'elle-même, elle était contente d'avoir une épaule solide sur laquelle s'appuyer.

— Bon, alors viens. Mais surtout, pas de bruit.

Elle craignait d'avoir déjà perdu les trois filles de vue ; la nuit était si sombre. Mais, lorsqu'ils émergèrent des rhododendrons, elle distingua une lueur devant eux. Une toute petite lueur blanche qui oscillait. Sans doute une lampe de poche.

Doucement, pas de bruit... Mary-Lynnette n'osait pas l'exprimer tout haut, mais elle ne cessait de se le répéter mentalement, comme un mantra. Toute sa conscience se concentrait sur le minuscule point de lumière qui les guidait, telle une queue de comète dans l'obscurité.

La lueur les emmena vers le sud, devant un bosquet de sapins. L'instant d'après, les deux groupes pénétrèrent l'un après l'autre dans le bois.

Où allaient-ils ? La jeune fille sentait la peur s'infiltrer dans chacun de ses muscles tandis qu'elle essayait de suivre les filles aussi furtivement que possible. Ils avaient de la chance, le sol était tapissé d'aiguilles de pin, humides et odoriférantes, qui étouffaient leurs pas. Mary-Lynnette entendait à peine Mark marcher derrière elle, sauf quand il butait sur une branche ou une pierre.

Ils continuèrent ainsi pendant une éternité. Il faisait tellement sombre que, très vite, elle se retrouva désorientée. Où étaient-ils ? Comment allaient-ils rentrer ?

Bon sang, je suis complètement dingue de m'être lancée là-dedans et d'avoir entraîné Mark avec moi. Voilà qu'on se trouve perdus au milieu des bois, à la poursuite de ces trois folles…

La lumière venait de s'immobiliser.

Mary-Lynnette s'arrêta en tendant un bras derrière elle, dans lequel Mark ne manqua pas de buter. Elle observait la petite lueur blanche, s'assurant qu'elle ne bougeait plus.

Non, elle restait bien en place. Et elle était maintenant dirigée vers le sol.

– On s'approche ? souffla Mark à l'oreille de sa sœur.

Elle hocha la tête et, courbée au maximum, s'avança avec le plus grand silence vers le point de lumière. À chaque pas, elle s'arrêtait, se figeait, attendant de voir si la lueur allait se diriger vers elle.

Mais, non. Quasi accroupie, elle poursuivit son chemin et franchit les derniers mètres vers la clairière où les filles venaient d'émerger. De là où elle se trouvait à présent, elle voyait presque parfaitement ce qu'elles étaient en train de faire.

Elles creusaient. De quelques coups de pelle, Kestrel avait repoussé les aiguilles de côté et s'échinait maintenant sur un nouveau trou.

Mary-Lynnette sentit Mark se glisser auprès d'elle, non sans écraser au passage quelques feuilles de fougère. Elle devinait sa respiration saccadée ; elle savait qu'il voyait ce qu'elle voyait.

Oh, Mark, dans quelle galère je t'ai fourré ?

Plus question de le nier, maintenant. Elle le savait. Elle n'avait même pas besoin de regarder dans le sac.

Comment vais-je retrouver cet endroit ? se demanda-t-elle. *Quand j'amènerai le shérif, comment vais-je m'en souvenir ? C'est comme un labyrinthe dans un jeu vidéo – de la forêt partout, et rien pour distinguer un lieu d'un autre.*

Elle se mâchonna la lèvre inférieure. Le lit humide que formaient sous elle les aiguilles de pin lui semblait presque confortable. Ils pouvaient attendre ici un assez long moment avant que les sœurs ne s'en aillent, puis marquer les arbres d'une façon ou d'une autre afin de se retrouver. Prendre des photos. Attacher leurs chaussettes à des branches...

Dans la clairière, le faisceau de la lampe de poche laissa entrevoir une main qui reposait la pelle. Puis, sans doute éclairées par Jade, Rowan et Kestrel soulevèrent le paquet enveloppé de plastique et le déposèrent dans le trou.

Bien. Maintenant, recouvrez-le et partez.

Le faisceau montra Rowan penchée en avant pour saisir la pelle. Avec des gestes rapides, elle entreprit ensuite de reboucher le trou, au grand soulagement de Mary-Lynnette, qui pensait que tout serait bientôt terminé.

C'est alors que la lampe se mit à bouger en tous sens, forçant la jeune fille à s'écraser sur le sol, les yeux écarquillés de surprise. Elle avait maintenant devant elle une silhouette se dessinant contre la lumière, et dont le visage sombre était entouré d'un halo de cheveux blonds. Kestrel... qui se tenait, raide et immobile, à quelques mètres devant elle et Mark. Elle semblait écouter. Intensément.

Paralysée par la peur, Mary-Lynnette demeura inerte, la bouche ouverte, s'efforçant de respirer sans le moindre bruit, devinant qu'autour d'elle des choses rampaient sur le sol tapissé d'aiguilles de pin. Des mille-pattes... Cependant, elle ne broncha pas, même si elle sentait quelque chose s'immiscer sous son tee-shirt et lui glisser lentement sur la peau.

Elle écouta, elle aussi. Rien. La forêt était plongée dans un silence lugubre. Elle n'entendait que le bruit de son cœur, dont les battements fous se répercutaient jusque dans sa gorge et faisaient, malgré elle, osciller sa tête.

Elle mourait de terreur.

Mais pas seulement. Il y avait autre chose ; une peur qu'elle n'avait ressentie que jusqu'à l'âge de neuf ou dix ans. La peur des fantômes. La peur d'une entité qui, peut-être, n'existait que dans l'imagination des humains.

Et, en regardant la silhouette de Kestrel se détacher devant la lueur glauque de la clairière, Mary-Lynnette pensait aux monstres. Un épouvantable sentiment l'étreignit.

Jamais je n'aurais dû entraîner Mark jusqu'ici...

Alors seulement elle réalisa que la respiration de son frère faisait du bruit. Un bruit ténu, pas un sifflement, non, mais plutôt le ronronnement d'un chat. Le bruit qu'il faisait, enfant, quand ses poumons étaient malades.

Kestrel se raidit, tourna la tête comme pour entendre d'où venait ce son étrange.

Mark, non... ne respire pas... retiens ton souffle...

Tout se passa très vite.

Kestrel plongea en avant. Mary-Lynnette vit sa silhouette fondre sur eux à une vitesse incroyable. Trop vite

— personne ne bougeait avec autant de rapidité... personne d'humain...

Qu'est-ce que c'est, ces filles ?...

Sa vision se mit à palpiter, comme si elle se retrouvait soudain sous une lumière stroboscopique. Kestrel bondissant au ralenti dans un long mouvement saccadé. Les arbres noirs en arrière-plan. Un papillon de nuit saisi par le faisceau de la lampe.

Kestrel leur fondant dessus.

Protéger Mark...

Un daim. Kestrel bondissait sur un daim. Des images sans aucun sens se brouillèrent dans l'esprit de Mary-Lynnette. Elle eut un instant l'impression que ce n'était pas Kestrel mais un de ces vélociraptors qui sévissaient au cinéma quand elle était jeune. Car Kestrel ne se mouvait pas ainsi.

Ou peut-être que ce n'était pas un daim. Pourtant, Mary-Lynnette voyait sa gorge blanche, aussi pure que le jabot de dentelle qui ornait le cou des jeunes filles, dans l'ancien temps. Elle voyait ses prunelles noires luisant dans l'obscurité.

Le daim hurla.

Incrédulité totale.

Ce n'est pas possible ; je ne suis pas en train de voir ça...

L'animal gisait à présent sur le sol, ses jambes délicates battant désespérément l'air. Et Kestrel était sur lui, le visage enfoui dans le blanc immaculé de sa gorge, les bras autour de son encolure.

Il lâcha un nouveau cri. Se débattit violemment. Puis sembla être saisi de convulsions.

Le faisceau de la lampe de poche balayait sauvagement l'obscurité. Au bout d'un instant, la lampe tomba, et Mary-Lynnette vit se dessiner devant la clairière deux autres silhouettes qui se joignirent à Kestrel. Toutes trois, maintenant, enserraient le daim. Qui eut un dernier spasme avant d'abandonner la lutte.

Et tout redevint calme. Dans l'obscurité, les cheveux de Jade, éclairés par la lampe, se dessinaient devant l'espace sombre de la clairière, si fins que chaque mèche captait la lumière du faisceau.

Dans le silence de la forêt, les trois filles restèrent blotties contre l'animal, leurs épaules se soulevant à un rythme régulier. Mary-Lynnette ne voyait pas ce qu'elles faisaient, mais cette scène lui était pourtant familière. Elle l'avait vue tant de fois dans des documentaires. Jouée par des chiens sauvages, des lionnes ou des loups.

La chasse était terminée, les fauves se nourrissaient.

Moi qui ai toujours essayé… d'observer la nature et la vie sauvage, je suis bien obligée de croire ce que me montrent mes yeux…

Près d'elle, Mark sanglotait doucement.

Filer d'ici au plus vite, à présent.

C'était comme si sa paralysie l'avait brusquement quittée. Sa lèvre saignait encore ; elle avait dû la mordre une nouvelle fois en regardant le daim. Une peur au goût de cuivre lui emplissait la bouche.

– Viens, murmura-t-elle en rampant vers l'arrière.

Des brindilles et des aiguilles lui raclèrent le ventre tandis que son tee-shirt qui remontait lui mettait la peau à nu.

– Viens, répéta-t-elle en saisissant le bras de Mark. Allez !

Mais, contre toute attente, son frère bondit sur ses pieds.

– Mark !..., articula-t-elle dans un souffle.

Se mettant à genoux, elle tenta de le forcer à se baisser. Il s'écarta puis fit un pas vers la clairière.

Non...

– Jade ?

Non..., se répéta Mary-Lynnette avant de se jeter à sa suite. C'était mort, pour eux ; ils étaient cuits. Mais elle voulait être avec lui.

– Jade ! s'écria Mark avant de s'emparer de la lampe restée à terre.

Il la braqua sur le petit groupe, aux abords de la clairière. Trois visages se tournèrent vers lui.

Mary-Lynnette crut défaillir. C'était une chose de deviner ce que faisaient ces filles ; c'en était une autre de le voir. De découvrir ces trois jolies figures maculées de sang.

Un sang au rouge éclatant, agressif, qui souillait aussi la gorge blanche de l'animal.

Je ne rêve pas… Elles sont en train de manger ce daim. De le dévorer carrément !

Une part de son esprit – celle qui avait absorbé tant de films d'horreur – s'attendait à ce que les trois filles se mettent à feuler avant de s'écarter de la lumière, de la bloquer de leurs mains ensanglantées tout en faisant des rictus sauvages.

Mais il n'y eut aucun gémissement animal, aucun son démoniaque, aucune contorsion hystérique.

D'un geste tranquille, devant une Mary-Lynnette pétrifiée d'horreur et un Mark encore haletant, Jade se redressa. Et demanda :

– Qu'est-ce que vous faites ici ?

D'une voix confuse, vaguement agacée… Comme si elle s'adressait à un garçon qui la harcelait.

Mary-Lynnette se sentit prise de vertige.

Il y eut un long silence. Puis Rowan et Kestrel se levèrent à leur tour. Mark respirait lourdement, sans cesser de promener sa lampe d'une fille à l'autre, mais pour revenir en permanence sur Jade.

– C'est à vous qu'on doit demander ça ! s'exclama-t-il avec rage.

La lampe se braqua sur le trou puis revint sur les filles.

– Qu'est-ce que vous faites ?

– C'est moi qui vous le demande, insista Jade.

Si cela n'avait tenu qu'à elle, Mary-Lynnette se serait dit que les choses, après tout, n'étaient pas si terribles. S'ils n'avaient pas été en si grand danger...

Mais Rowan et Kestrel échangèrent un regard, puis se tournèrent vers Mark et sa sœur. Et leur expression lui noua la gorge.

– Vous n'auriez pas dû nous suivre, déclara Rowan d'une voix triste et grave.

– Ils n'auraient pas dû pouvoir le faire, précisa Kestrel sur un ton sinistre.

– C'est parce qu'ils sentent la chèvre, répliqua Jade.

– Qu'est-ce que vous faites ? ! s'écria de nouveau Mark dans un sanglot.

Mary-Lynnette voulut le rejoindre mais elle était incapable de bouger.

Jade s'essuya la bouche du dos de sa main, sourit puis demanda :

– Alors, vous ne voyez pas ce qu'on est en train de faire ?

Se tournant vers ses sœurs, elle ajouta :

– Maintenant, qu'est-ce qu'on fait ?

Il y eut un long silence.

Puis Kestrel laissa tomber :

– On n'a pas le choix. On va devoir les tuer.

9

Les oreilles de Mary-Lynnette lui jouaient-elles des tours ? Les paroles de Kestrel résonnaient dans sa tête comme dans un mauvais film. *Les tuer... les tuer... les tuer...*

Mark, de son côté, émit un rire étrange.

C'est mort, pour lui, songea-t-elle avec une froideur étonnante. *Si on s'en sort – ce qui me paraît peu probable –, c'est de toute façon mort pour lui. Il avait déjà peur des filles, et il est si pessimiste quant à la vie en général...*

– Si on s'asseyait d'abord, pour discuter de ça au calme, proposa Rowan d'une voix tendue.

Mark rejeta la tête en arrière et partit d'un nouveau rire nerveux.

– Oui, si on s'asseyait, répéta-t-il. Pourquoi pas ?

Elles sont aussi rapides que des lévriers, se dit Mary-Lynnette. *Si on se met à courir maintenant, elles nous rattraperont dans la seconde qui suit. Mais si on s'assied, qu'elles*

se détendent et me laissent le temps de les distraire un peu...
ou de les frapper avec quelque chose...

– Assieds-toi ! ordonna-t-elle sèchement à son frère.

Rowan et Kestrel s'écartèrent du daim et s'assirent sur le sol. Les mains sur les hanches, Jade resta un instant debout puis prit place par terre à son tour.

Tout en faisant de même, Mark continuait d'agir comme s'il était groggy.

– Vous n'êtes pas comme nous, les filles, leur lança-t-il en agitant sa lampe dans tous les sens. Vous êtes vraiment...

– On est des vampires, coupa Jade d'une voix dure.

– Ouais, c'est ça, articula-t-il avec un petit rire sec. C'est ça...

Mary-Lynnette lui ôta la lampe des mains. Autant la tenir elle-même. C'était du plastique épais et du métal. Une arme éventuelle, donc.

Et, tandis qu'une partie de son esprit pensait *éblouis-les avec le faisceau de ta lampe, et, au bon moment, précipite-toi sur l'une d'elles,* l'autre partie lui disait *inutile de se voiler la face, elles sont bien réelles.*

La vision que la jeune fille avait du monde venait une fois encore de voler en éclats.

– Et vous supportez ça ? continua Mark, hors de lui. Vous rencontrez une fille, elle vous paraît sympa, vous en parlez à tous vos copains, et, patatras, voilà qu'en fait c'est un vampire. Vous appréciez, quand ça vous arrive ?

Là, il devient carrément hystérique, s'inquiéta Mary-Lynnette.

Elle le saisit par l'épaule et lui souffla à l'oreille :

– Hé, attends... arrête de paniquer.

– Je ne vois pas pourquoi on devrait discuter avec eux, Rowan, lui dit alors Kestrel. Tu sais très bien ce qu'il nous reste à faire.

– Je pensais qu'on pourrait les influencer, répliqua-t-elle en se frottant le front d'une main.

– Ça ne marchera pas, et tu sais pourquoi.

– Pourquoi ? demanda Jade.

– S'ils nous ont suivies, c'est pour une raison bien précise, répondit Rowan d'une voix lasse en indiquant le trou qu'elles venaient de creuser. Ça veut dire qu'ils nous soupçonnent depuis un moment... combien de temps ?

Elle interrogea Mary-Lynnette du regard.

– Je vous ai vues creuser ce trou mardi soir, lâcha celle-ci. C'est votre tante qui est dedans ?

Il y eut un bref silence, et Rowan parut embarrassée. Puis elle inclina le visage, avec une grâce infinie.

– Non, ce n'est pas vrai ! s'exclama Mark en roulant de la tête comme un malade. Ce n'est pas vrai... elles ont mis Mme Burdock dans un sac !

– Deux jours..., déclara Rowan à Jade. Ça fait deux jours entiers qu'elle nous soupçonne. Et on ne peut pas ôter des souvenirs qui sont mêlés à autre chose depuis si

longtemps ; on n'est jamais certain de les avoir tous sup-
primés.

– Et si on enlevait tout de leur mémoire depuis ces
deux derniers jours, hasarda Jade.

– Pour se retrouver avec encore deux autres personnes
errantes, perdues dans le temps ? marmonna Kestrel.

– Comme Todd Akers et Vic Kimble ? dit Mary-
Lynnette, qui sauta sur l'occasion. C'est vous qui les avez
rendus amnésiques. Je savais bien qu'il y avait un lien.

– On n'a pas d'autre choix, reprit tranquillement Kestrel
à l'adresse de Rowan. Tu le sais aussi bien que moi.

Elle n'est pas méchante, se dit Mary-Lynnette. *Seulement
pratique. Si une lionne, un loup ou un faucon pouvaient
parler, ils diraient la même chose.*

– Ou on les tue, ou on meurt nous-mêmes ; c'est clair.

Malgré elle, la jeune fille éprouvait une sorte de fascination – du respect, même.

Mark semblait s'être calmé, à présent. Et Rowan paraissait triste, tellement triste. Sans doute était-elle anéantie à
l'idée que quelqu'un ici doive souffrir à cause de tout cela.

Elle baissa les yeux puis les releva avec lenteur pour
rencontrer le regard de la jeune fille. Au bout d'un instant,
son expression changea de manière imperceptible, et elle
hocha la tête.

Aussitôt, Mary-Lynnette devina qu'elles pouvaient
toutes les deux communiquer sans le recours de la parole,

chacune reconnaissant l'autre comme une femelle alpha qui était prête à se battre et à mourir pour l'un des siens.

Chacune se reconnaissant comme la grande sœur protectrice.

Oui, se dit-elle, *il va y avoir de la bagarre. Tu menaces ma famille, je riposte.*

Elle savait que Rowan comprenait. Et que celle-ci allait vraiment détester le fait de devoir la tuer...

Non ! résonna soudain avec passion une petite voix, derrière laquelle Mary-Lynnette reconnut Jade. L'instant d'après, celle-ci se retrouva debout, les poings serrés, les mots sortant de sa bouche comme la lave d'un volcan :

— Non, tu ne peux pas tuer Mark ! Je ne te laisserai pas faire.

— Jade, lui dit Rowan, je sais que c'est dur...

— Jade, enchaîna Kestrel, ne fais pas la mauviette.

Jade tremblait de tout son corps, vibrante comme un chat prêt à bondir.

— On ne peut pas faire ça ! s'écria-t-elle. Je pense... je pense que...

— Jade !...

Je pense que c'est lui mon âme sœur !

Silence de mort.

Puis Rowan souffla :

— On ne peut pas...

— Oh si, fit Kestrel.

Alors que toute leur attention n'était concentrée que sur elle, Mary-Lynnette songea :

C'est le moment.

Elle balança avec violence la lampe sur Kestrel, sachant que, si elle l'atteignait en premier, Rowan ne tenterait rien en voyant sa sœur blessée. Mais elle la manqua... car Mark s'était rué sur elle pour lui saisir le bras.

– Ne fais pas de mal à Jade !

L'instant d'après, une furieuse bataille s'engagea et, entre les cris, les coups de griffes, les ruades, et Mark et Jade qui leur hurlaient d'arrêter, la confusion fut totale. Mary-Lynnette, à qui la lampe venait d'échapper, trouva sous ses doigts une mèche de longs cheveux, tira dessus avec force... jusqu'à ce qu'un puissant coup dans les côtes la précipite à terre en lui arrachant un hurlement de douleur.

C'est alors qu'elle se sentit brusquement tirée en arrière... par son frère qui cherchait à l'entraîner à l'écart. Jade, quant à elle, se retrouva couchée sur Kestrel et sauvagement agrippée à Rowan.

Tout le monde haletait, et Mark était au bord des larmes.

– On ne peut pas faire ça, articula-t-il au bout d'un moment. C'est complètement dingue. Ce... ce n'est pas possible.

Pendant ce temps, Jade continuait de vociférer :

– C'est mon âme sœur, d'accord ? D'accord ? ! S'il est mort, qu'est-ce que je ferai ? !

– Ce n'est pas ton âme sœur, idiote ! rétorqua Kestrel d'une voix étouffée.

Elle était toujours à plat ventre par terre, le visage écrasé contre le tapis d'aiguilles de pin.

– Quand on trouve son âme sœur, ça vous frappe comme un coup de foudre, et on sait sans le moindre doute que c'est la seule et unique personne qui vous est destinée. On ne pense pas qu'on a trouvé son âme sœur ; on sait que c'est son destin, qu'on le veuille ou non.

Quelque part, tout au fond d'elle-même, cela résonna comme une alarme dans l'esprit de Mary-Lynnette. Mais, pour l'instant, elle avait bien autre chose à penser.

– Mark, fiche le camp d'ici ! lui lança-t-elle. Va-t'en, vite !

Sans relâcher son étreinte d'un millimètre, il demanda :

– Pourquoi devrait-on être des ennemis ?

– Mark, ces filles sont des tueuses ! On ne peut pas justifier ça. Elles ont tué leur propre tante.

Trois visages se tournèrent d'un bloc vers elle. Une demi-lune s'était levée derrière les arbres, et Mary-Lynnette les voyait maintenant presque clairement.

– Ce n'est pas vrai ! s'exclama une Jade indignée.

– Qu'est-ce qui te fait croire ça ? interrogea Rowan.

– Je vous ai vues l'enterrer ! fit-elle, interloquée.

– Oui… parce qu'on l'a trouvée morte.

– Elle a été poignardée au cœur, déclara Kestrel en se débarrassant des aiguilles accrochées à ses cheveux. Sans doute par un chasseur de vampires. J'imagine que tout ça ne vous dit rien.

– Poignardée... au cœur ? balbutia Mark. Avec un pieu ?...

– Oui, enfin... avec un piquet de la clôture, expliqua Kestrel.

– Elle était déjà morte ? s'étonna Mary-Lynnette. Mais alors, pourquoi l'avoir enterrée dans le jardin ?

– La laisser dans la cave, ç'aurait été lui manquer de respect.

– Mais pourquoi ne pas l'avoir emmenée dans un cimetière ?

Rowan prit un air consterné.

– C'est que... tu n'as pas vu tante Opale, reprit Jade.

– Oui, enchaîna Kestrel, elle n'est pas vraiment belle à voir. Plutôt raide, et toute sèche. Momifiée, je dirais.

– C'est ce qui nous arrive, à nous, précisa Rowan presque sur un ton d'excuse.

Mary-Lynnette se tassa contre les jambes de Mark, debout derrière elle, essayant d'ajuster sa nouvelle vision du monde. Tout semblait tournoyer autour d'elle.

– Alors... alors vous cherchiez seulement à la cacher. Mais... vous avez bien fait quelque chose à Todd Akers et à Vic Kim...

– Ils nous ont attaquées, coupa Jade. Ils pensaient à des choses très laides et ils nous pinçaient les bras.

– Ils...

Mary-Lynnette se redressa soudain et comprit.

– Pauvres nuls !

Pourquoi n'avait-elle pas songé à cela plus tôt ? Todd et Vic... l'année dernière, déjà, le bruit avait couru qu'ils s'en étaient pris à une fille de Westgrove. Alors, ils avaient tenté la même chose sur les trois sœurs, et...

Les mains plaquées sur la bouche, Mary-Lynnette eut un petit rire étranglé.

– Oh, non... Là, vous les avez bien eus...

– On les a juste mordus un peu, répliqua Rowan.

– J'aurais bien aimé voir ça.

Elle riait. Rowan souriait. Kestrel affichait un sourire barbare. Et, subitement, Mary-Lynnette eut la certitude que la bataille qui les avait opposés n'était plus que de l'histoire ancienne.

Tous poussèrent un soupir de soulagement, se rassirent et se regardèrent.

Elles sont différentes des humains, songea Mary-Lynnette en les contemplant à la lueur de la lune. *Ça paraît tellement évident quand on sait...*

Elles avaient une beauté inhumaine, bien sûr. Rowan, avec ses cheveux auburn et son visage si doux ; Kestrel, avec sa finesse sauvage et son regard doré ; Jade, avec ses traits délicats et sa chevelure quasi argentée. Les Trois Grâces... en plus farouches.

— Bon, dit doucement Rowan, nous voilà maintenant devant un gros problème à résoudre.

— On ne dira rien sur vous, promit Mark dont le regard ne cessait de croiser celui de Jade.

— On nage en plein *Roméo et Juliette*, voilà le problème, déclara Mary-Lynnette à Rowan.

Mais, prenant celle-ci à part, Kestrel lui souffla :

— C'est bien joli, toutes leurs promesses, mais est-ce que ça suffit pour les croire ?

Rowan laissa son regard errer sur la clairière. Puis elle poussa un lourd soupir et lâcha :

— Il n'y a qu'un moyen de nous en assurer. Les liens du sang.

— Tu penses vraiment à ça ?

— Qu'est-ce que c'est ? s'inquiéta Mary-Lynnette.

— Les liens du sang ? fit Rowan. Disons que c'est une cérémonie destinée à... sceller les affinités.

Comme la jeune fille la regardait sans vraiment comprendre, elle continua :

— Ça va faire que nos deux familles seront apparentées. C'est un peu comme ce qu'avait fait l'une de nos ancêtres avec une famille de sorcières.

Des sorcières... Alors, les sorcières existent, aussi. Je me demande combien d'autres choses dont je n'ai pas idée sont tout aussi réelles ?

— Les vampires ne s'entendent pas avec les sorcières, en général, poursuivit Rowan. Au XVIIe siècle, Hunter Redfern, notre ancêtre, a eu de grosses querelles avec elles à cause de ça.

— Mais comme il ne pouvait pas avoir d'enfants, intervint Jade, tout sourire, il lui a bien fallu l'aide d'une sorcière, sinon la lignée Redfern se serait éteinte avec lui. Il a donc été forcé de s'excuser et de procéder à une cérémonie des liens du sang. Et là, il n'a eu que des filles. Ha, ha !

Ha, ha ?... Pourquoi ?

— Ce qui fait qu'on est toutes les trois un peu sorcières, expliqua Rowan de sa voix posée.

— Notre père disait toujours que c'est à cause de ça qu'on est aussi désobéissantes, déclara Jade. Parce que c'est dans nos gènes. Parce que, dans les familles de sorcières, ce sont les femmes qui gèrent.

— Ha, ha, fit Mary-Lynnette qui commençait nettement à aimer les sorcières.

Ce qui lui attira une réaction nerveuse de Mark.

— Et si on faisait la cérémonie tout de suite, proposa Rowan. Ça ferait de nous une famille pour toujours. On ne pourrait jamais se trahir.

– Pas de problème, répondit Mark avant d'interroger Jade du regard.

– Pas de problème pour moi non plus, enchaîna-t-elle.

Cependant, Mary-Lynnette réfléchissait. La chose avait de l'importance. On ne s'engageait pas comme cela, sur un simple coup de tête. C'était pire que d'adopter un chiot ; c'était un peu comme un mariage. La responsabilité d'une vie. Et, même si ces filles ne tuaient pas d'humains, elles tuaient des animaux. Avec leurs dents.

Mais au fond, les gens aussi tuaient les animaux. Et pas forcément pour se nourrir. Boire leur sang ou transformer des veaux en bottes, quel était le pire ?

D'autre part, aussi étrange que cela puisse paraître, elle se sentait déjà proche de ces trois sœurs. Ces dernières minutes, elle avait tissé avec Rowan un lien plus solide qu'avec n'importe quelle fille du lycée. La fascination et le respect qu'elle éprouvait à son égard s'étaient mués en une sorte de confiance instinctive.

Et puis, avait-elle le choix, de toute façon ?

Mary-Lynnette observa un instant Mark, puis Rowan, et, enfin, laissa tomber :

– D'accord.

Rowan posa un regard interrogateur sur Kestrel, qui demanda :

– Alors, ça dépend de ma réponse, c'est ça ?

– On ne peut rien faire sans toi, tu le sais.

Kestrel se détourna. Ses yeux d'ambre semblaient soucieux. Sous le clair de lune, son profil qui se découpait devant les arbres sombres était absolument parfait.

– Ça voudra dire qu'on ne pourra plus jamais rentrer chez nous, articula-t-elle. Ça fera de nous des pestiférées, à leurs yeux.

– Des pestiférées ? lâcha Mark d'une voix nouée. Pourquoi ?

Personne ne lui répondit, mais Jade déclara d'un air digne :

– Moi, de toute façon, je ne peux pas rentrer. Je suis amoureuse d'un étranger. Et je vais tout lui raconter sur le Night World. Alors, quoi qu'il arrive, pour eux, je suis morte.

Mark voulut protester, dire à Jade qu'elle ne devait pas prendre un tel risque pour lui, mais celle-ci ajouta dans la foulée :

– Et lui aussi, du reste.

Cette réflexion le laissa sans voix.

– Kestrel, dit alors Rowan, on est allées trop loin, maintenant, pour reculer.

Songeuse, sa sœur continua de contempler la forêt puis, subitement, se retourna vers les autres en riant. Une lueur sauvage scintillait dans ses yeux.

– D'accord, on va faire ça. On va tout leur raconter. On va violer toutes les règles.

Mary-Lynnette fut alors saisie d'un désagréable frisson. *Pourvu que je n'aie pas à le regretter...* Cependant, elle se contenta de demander :

– Alors, comment procède-t-on pour... la cérémonie ?

– On échange notre sang. Je ne l'ai jamais fait, mais c'est assez simple.

– Ça vous fera quand même un drôle d'effet, observa Jade. Parce que vous serez un petit peu vampires, après ça.

– Un petit peu *quoi* ? s'étrangla Mary-Lynnette.

– Juste un tout petit peu, fit Jade en rapprochant son index et son pouce. Une goutte...

– Mais en quelques jours ça aura disparu, promit Kestrel d'une voix pesante qui intrigua Mary-Lynnette.

– Du moment que tu ne te fais pas mordre en même temps par un vampire..., précisa Rowan. Sinon, tu es tranquille. Franchement.

La jeune fille échangea un regard avec son frère. Non pas pour discuter de tout cela – ils avaient dépassé ce stade, maintenant – mais pour se blinder, se donner du courage.

Alors, elle poussa un lourd soupir et ôta de son genou un brin de fougère.

– D'accord, fit-elle, légèrement étourdie. On est prêts.

10

C e fut comme une piqûre de méduse.

Mary-Lynnette garda les yeux fermés et la tête tournée de côté pendant que Rowan lui mordait le cou. Elle pensait à la façon dont le daim avait crié, un peu plus tôt, mais la douleur n'était pas si terrible, en fait. Et disparut presque immédiatement.

Elle sentit de la chaleur sous sa peau tandis que le sang s'écoulait de la morsure, puis, au bout d'un instant, un léger vertige. Une impression de faiblesse, plus exactement. Mais le plus intéressant était que, tout de suite, elle éprouva le sentiment d'avoir acquis un nouveau sens. Elle sentait l'esprit de Rowan. Un peu comme si elle voyait sans yeux, et en utilisant des longueurs d'onde différentes de la lumière visuelle. L'esprit de Rowan – sa présence – lui semblait être d'un rouge aussi ardent que celui de la braise. Il était aussi flou et rond qu'un ballon de gaz brûlant flottant dans l'espace.

Était-ce ce que voulaient décrire les psys quand ils parlaient de gens qui avaient une aura ?

Puis Rowan se retira, et ce fut terminé. Cette sensation d'avoir acquis un nouveau sens disparut.

Les doigts de Mary-Lynnette se portèrent automatiquement à son cou. C'était humide, à cet endroit. Et tendre.

— Ne touche pas, la prévint Rowan en se passant un pouce sur les lèvres. Dans une minute, il n'y aura plus rien.

Saisie d'une langueur soudaine, la jeune fille cligna des yeux. Elle se tourna vers Mark, que Kestrel venait juste de relâcher. Il avait l'air bien, quoiqu'un peu étourdi lui aussi. Elle lui sourit, il haussa des sourcils étonnés et secoua légèrement la tête.

J'aimerais bien savoir à quoi ressemble son esprit, songea Mary-Lynnette. Puis, surprise, elle demanda à Rowan :

— Qu'est-ce que tu fais ?

Celle-ci avait ramassé une brindille et en testait la pointe pour s'assurer qu'elle était bien acérée.

— Chaque espèce a une substance dans la nature qui lui est dangereuse, lui répondit-elle. L'argent pour les loups-garous, le fer pour les sorcières... et le bois pour les vampires. C'est la seule chose qui soit capable de nous entailler.

— Et pourquoi fais-tu ça ?

Mais, déjà, elle avait compris. Elle voyait du rouge perler dans le sillage de la brindille tandis que Rowan la faisait glisser le long de son poignet.

– On va échanger notre sang, expliqua-t-elle.

Mary-Lynnette manqua de s'étrangler... et se garda bien de se tourner vers Mark et Kestrel.

Je vais le faire en premier, et il verra que ce n'est pas si terrible. J'y arriverai, j'y arriverai... C'est pour qu'on reste en vie.

Rowan la regardait, maintenant, lui offrant le creux de son avant-bras.

Sang... cuivre... peur..., songea Mary-Lynnette, au bord de la nausée.

Fermant les yeux, elle approcha les lèvres du poignet de Rowan.

De la chaleur. Une sensation de bien-être. Et un goût qui n'était pas celui du cuivre mais qui avait quelque chose de riche, d'étrange. Plus tard, quand elle chercherait à décrire cette impression, elle ne trouverait que ce genre de comparaison : un peu comme l'odeur d'un bâton de vanille, un peu comme de la soie, un peu comme une chute d'eau. Cela avait aussi une très légère saveur sucrée.

Après cet échange, elle se crut capable d'escalader une montagne sans effort.

– Oh, bon sang..., souffla Mark, vaguement étourdi. Si vous pouviez mettre ce truc en bouteille, vous seriez milliardaires.

– Ne t'en fais pas, ils y ont pensé, avoua Kestrel. Les humains qui nous chassent pour notre sang.

– On parlera de tout ça plus tard, les secoua Rowan. Les liens du sang, à présent.

L'esprit de Kestrel était doré. Avec des bords scintillants et effilés comme des lames, qui envoyaient des étincelles dans toutes les directions.

– D'accord, Jade et Mark, dit alors Rowan. Ça suffit comme ça. On s'écarte de l'autre, maintenant.

Mary-Lynnette la vit séparer physiquement les deux amoureux. Mark affichait un sourire béat, et elle éprouva comme une pointe d'envie à son égard. Quel effet cela ferait-il de lire les pensées de celui dont on était amoureux ?

L'esprit de Jade était comme de la dentelle d'argent, une sphère de filigrane, qui faisait penser aux boules de Noël. Lorsqu'elle eut terminé de boire son sang, Mary-Lynnette se sentit à la fois évaporée et étincelante. Comme si un torrent lui coulait dans les veines.

– Voilà, dit Rowan au bout d'un instant. Maintenant, on partage tous le même sang.

Elle tendit une main, aussitôt imitée par Jade et Kestrel. Après un coup d'œil à Mark, Mary-Lynnette s'approcha à son tour, et son frère fit de même, leurs mains venant se joindre comme les rayons au centre d'une roue.

– Nous promettons de rester toujours soudés, de toujours vous protéger et vous défendre, déclara Rowan avant de faire un signe de tête à Mary-Lynnette.

– Nous promettons de rester toujours soudés, de toujours vous protéger et vous défendre, répéta-t-elle lentement.

– Nous voilà maintenant une famille à part entière, affirma l'aînée des trois sœurs.

– Allez, on rentre à la maison, dit Jade.

Le petit groupe dut d'abord achever d'enterrer tante Opale, Rowan terminant l'opération en dispersant des aiguilles de pin sur le trou qu'ils venaient de combler.

– Vous héritez aussi de nos querelles de famille, plaisanta alors Kestrel. Ce qui veut dire que vous devez tous les deux nous aider à découvrir qui l'a tuée.

– C'est bien ce que j'essaie de faire depuis un bout de temps, répliqua Mary-Lynnette.

Ils laissèrent le daim là où il était, et Rowan fit ce commentaire :

– Il y a assez de charognards autour de lui. Sa chair ne sera perdue pour personne.

Oui, c'est la vie, songea Mary-Lynnette tandis qu'ils quittaient la clairière. Comme elle se retournait, elle crut, l'espace d'un instant, distinguer une ombre puis l'éclair orange et luisant de deux yeux au niveau des siens. Une silhouette bien trop grande et trop haute pour être celle d'un coyote…

Elle ouvrit la bouche pour le dire aux autres... mais l'ombre avait déjà disparu.

Est-ce que j'ai imaginé ça ? Je crois que mes yeux me jouent des tours, en ce moment. Tout a l'air bien trop brillant.

Tous ses sens paraissaient avoir changé, être plus aiguisés. Il lui sembla, par exemple, nettement plus facile de sortir des bois que d'y pénétrer.

Mark et Jade ne marchaient pas main dans la main, car le terrain ne le permettait pas, mais la jeune fille ne cessait de se retourner vers lui. Et quand ils rencontraient des passages difficiles, ils s'aidaient mutuellement.

– Alors, vous êtes heureux ? demanda Mary-Lynnette à son frère quand elle parvint un moment à marcher à ses côtés.

Avec un sourire à la fois surpris et vaguement honteux, il répondit :

– Oui... oui.

Puis, au bout d'un instant, il ajouta :

– C'est comme si... je ne sais pas trop comment le décrire, mais... c'est comme si Jade et moi on s'appartenait. Elle voit en moi, carrément ; et elle m'apprécie. Jamais personne ne m'avait fait ça... à part toi.

– Je suis ravie pour toi, tu sais.

– Écoute, Mary, je crois qu'on devrait commencer à te chercher quelqu'un. Il y a plein de garçons ici...

– Mark, si je veux me trouver un garçon, je le trouverai. Je n'ai besoin de personne pour ça.

– D'accord, désolé...

Ce qui n'empêchait pas Mary-Lynnette de gamberger en secret. Bien sûr, elle aimerait trouver quelqu'un qui l'accepterait totalement, qui serait prêt à tout partager avec elle. N'était-ce pas le rêve de tout le monde ? Mais pour combien de gens ce rêve devenait-il réalité ?

Et puis il n'y avait pas tant de garçons que cela, dans le voisinage.

Elle se surprit à penser à Jeremy Lovett. À ses yeux brun doré... Mais, impossible de garder à l'esprit l'image de son visage. Pour sa plus grande frayeur, elle ne cessait de prendre la forme d'yeux aux éclairs bleus, or et gris, suivant la façon dont ils attrapaient la lumière.

Quant à Ash... *Mon Dieu, non !* Il serait bien la dernière personne capable de la comprendre. Elle qui n'accepterait pas de partager avec lui une banquette dans le bus, elle accepterait encore moins de partager son existence.

– Ce que je voudrais savoir, c'est qui a fait de vous des vampires, demanda Mark. Votre tante, non ?

Ils étaient installés dans le confortable salon de la ferme Burdock, et Rowan avait préparé un feu qui ronronnait.

– Non, personne en particulier, répondit Jade, l'air choqué. On n'a pas fait de nous des vampires. On est des lamies.

– Euh… oui… Et, des lamies, qu'est-ce que c'est ?

– C'est nous. Des vampires qui peuvent avoir des bébés, qui peuvent manger et boire, qui peuvent vieillir s'ils le veulent, et vivre en famille. La meilleure espèce…

– C'est une race de vampires, en fait, précisa Kestrel. Je vous explique : il y a deux sortes de vampires. Ceux qui commencent sous la forme d'humains et qui sont changés quand un vampire les mord ; et ceux qui sont nés vampires. C'est ce que nous sommes, Rowan, Jade et moi. Notre lignée remonte à… disons à très longtemps.

– C'est une des plus anciennes, reprit Jade. On est des Redfern, et ça remonte à la préhistoire.

– Mais, vous trois…, articula Mary-Lynnette d'une voix nerveuse, vous ne remontez pas aussi loin, quand même ?

– Non, sourit Rowan, j'ai dix-neuf ans. Kestrel en a dix-sept, et Jade, seize. On n'a pas encore cessé de vieillir.

– Tante Opale avait quel âge, d'après toi ? demanda Kestrel à Mary-Lynnette.

– Je dirais… autour de soixante-dix, soixante-quinze ans, quelque chose comme ça.

— La dernière fois qu'on l'a vue, elle paraissait avoir la quarantaine. Et ça date d'il y a dix ans, quand elle a quitté notre île.

— Mais ça faisait alors soixante-quatorze ans qu'elle vivait, reprit Rowan. C'est ce qui nous arrive aussi – mais si on cesse de « retenir » le vieillissement, il nous tombera dessus tout d'un coup.

— Ce qui, si on vit depuis cinq ou six cents ans, pourrait s'avérer plutôt ennuyeux, commenta Kestrel.

— Alors, interrogea Mary-Lynnette, cette île d'où vous venez, c'est le Night World ?

— Oh, non, c'est seulement une ville où on vit tranquilles, un endroit sans aucun humain. C'est Hunter Redfern qui l'a fondée au XVIe siècle pour qu'on ait un lieu sûr où habiter.

— Le seul problème, enchaîna Kestrel, c'est que les gens, là-bas, continuent de faire les choses comme on les faisait au XVIe siècle. Et ils ont ainsi décrété que personne ne pouvait partir de cette île, sauf certains hommes et garçons en qui ils ont une parfaite confiance.

Comme Ash, j'imagine, se dit Mary-Lynnette. Elle s'apprêtait à leur dire qu'elle l'avait rencontré quand Rowan reprit la parole :

— C'est pour ça qu'on s'est enfuies. On ne voulait pas être obligées de se marier quand notre père nous l'ordonnerait. On voulait voir le monde des humains. On voulait...

– ... manger des cochonneries, s'amusa Jade. Et lire des magazines, porter des pantalons et regarder la télé.

– Quand tante Opale a quitté l'île, reprit Rowan, elle n'a dit à personne où elle allait... sauf à moi. Elle m'a révélé qu'elle se rendait dans une petite ville appelée Briar Creek, où la famille de son mari avait construit une maison, cent cinquante ans plus tôt.

Passant la main sur le pompon d'un coussin de soie, Mary-Lynnette se permit d'insister :

– D'accord, mais... où se trouve le Night World, alors ?

– Oh... ce n'est pas... un endroit, répondit Rowan en hésitant. C'est... en fait, c'est difficile de dire ce que c'est. Vous n'êtes même pas censés savoir que ça existe. Les deux premières lois du Night World stipulent qu'on ne laisse jamais un humain savoir où ça se trouve... et qu'on ne tombe jamais amoureux d'un humain.

– Et, à l'heure qu'il est, Jade ne fait que violer ces deux lois, murmura Kestrel.

Cependant, la plus jeune des sœurs paraissait ravie de son forfait.

– Et la peine encourue pour ces deux fautes, c'est la mort, précisa Rowan. Pour toutes les personnes impliquées. Mais... vous faites partie de la famille, maintenant.

Prenant une longue respiration, elle ajouta :

– Donc, voilà. Le Night World est une sorte de société secrète, pas seulement composée de vampires, mais aussi de sorcières, de loups-garous et d'êtres polymorphes. Toutes les créatures de la nuit, en fait. On est partout.

Partout ? L'idée était troublante… mais fascinante. Il existait donc un univers entier dont Mary-Lynnette ignorait jusque-là l'existence – un monde à explorer, aussi étranger et lointain que la galaxie d'Andromède.

Mark ne semblait pas excessivement perturbé par l'idée qu'il y ait des vampires un peu partout. Le bras sur l'accoudoir du canapé vert foncé, il souriait à Jade.

– Alors, tu peux lire dans l'esprit des gens ? En ce moment, tu lis ce qu'on a dans la tête ?

– Les âmes sœurs peuvent lire dans l'esprit de l'autre sans avoir à essayer, lui répondit-elle avec assurance.

Les âmes sœurs… Mary-Lynnette, qui ne se sentait pas à l'aise, eut soudain envie de changer de sujet.

– Et si on arrêtait d'employer ce terme ? suggéra Rowan à Jade. Ce qu'il y a entre vous n'a rien à voir avec ce qu'il y a entre deux âmes sœurs. En amour, tu sais tout de suite que tu vas t'entendre avec l'autre. Alors que le fait de rencontrer ton âme sœur, c'est quelque chose d'involontaire – tu ne l'aimes pas forcément dès le premier abord, et elle peut même ne pas te convenir du tout –

une espèce, un caractère, un âge trop différents. Mais tu sais aussi que, sans cette personne, tu ne seras jamais complètement heureux.

Le malaise que ressentait Mary-Lynnette ne cessait de grandir. Elle devait leur révéler que...

— Et si ça t'arrivait à toi ? demanda-t-elle à Rowan. Si tu rencontrais quelqu'un et que vous deveniez âmes sœurs sans vraiment le désirer ?

Elle se rendit compte en parlant que sa voix devenait épaisse, étrange.

— Il n'y aurait pas un moyen, alors, de... de t'en débarrasser ?

Un long silence suivit sa question. Tous la regardaient d'un air stupéfait.

— À ma connaissance, ce n'est jamais arrivé à personne, répondit Rowan dont les yeux cherchaient ceux de Mary-Lynnette. Mais tu pourrais peut-être demander conseil à une sorcière... si tu avais ce problème.

Elle n'y tenait plus. Il fallait absolument qu'elle parle à quelqu'un. Quelqu'un qui sache la comprendre.

— Rowan...

Elle n'alla pas plus loin. Les trois filles, dans un même ensemble, venaient de tourner la tête en direction de l'entrée — tels des chats qui auraient entendu un bruit indétectable à l'oreille humaine. L'instant d'après, cependant, elle le perçut aussi. Un bruit de pas,

secs et rapides, sur le perron de devant. Puis un bat-
tement sourd.

— Il y a quelqu'un dehors, articula Jade.

Et, sans que Mark ait eu le temps de faire un geste
pour l'arrêter, elle bondit vers la porte.

11

– Jade, attends ! s'écria Mark.

Bien sûr, elle ne l'écouta pas. Mais elle perdit du temps à déverrouiller la porte, et Mary-Lynnette entendit nettement les bruits de pas de quelqu'un qui s'enfuyait.

Jade ouvrit le battant, se rua sous le porche et laissa échapper un cri. Mary-Lynnette qui, comme les autres, s'était précipitée à sa suite, vit alors qu'elle avait mis le pied sur la marche où il manquait une planche. Cela arrivait immanquablement à tous ceux qui ne connaissaient pas la maison. Ce n'était pourtant pas cela qui l'avait fait crier.

C'était la chèvre.

– Oh, non !..., fit Mark d'une voix blanche. Qui a pu faire une chose pareille ? !

Mary-Lynnette regarda alors dehors et fut saisie d'une brusque et terrible nausée. Ses poumons se contractèrent violemment et son souffle fut comme rejeté avec force au-dehors. Sa vision se brouilla.

– Retournons à l'intérieur, déclara Rowan sur un ton ferme. Jade, ça ira ?

Le souffle rauque, la jeune fille haletait de consternation. Comme Mary-Lynnette, elle respirait par saccades. Mark se pencha sur elle et l'aida à s'extraire du trou dans la marche.

Rowan et Kestrel soulevèrent la chèvre par les pattes et l'emportèrent à l'intérieur. Mary-Lynnette les suivit, les dents serrées sur sa lèvre mordue par deux fois déjà. Le goût de cuivre faisait comme un caillot de sang dans sa bouche.

Ils déposèrent l'animal sur un vieux tapis, à l'entrée du salon. La respiration sifflante de Jade se mua vite en sanglots.

– C'est Ethyl, déclara Mary-Lynnette, au bord des larmes, elle aussi.

Elle s'agenouilla près de la chèvre au pelage immaculé et à l'air si doux, puis elle effleura l'un des sabots qu'elle avait aidé Mme Burdock à limer, peu de temps auparavant.

– Elle est morte, dit Kestrel. Tu ne peux pas lui faire de mal.

Mary-Lynnette leva vivement la tête vers elle. L'expression dure et distante qu'elle affichait la secoua jusqu'au plus profond d'elle-même.

– Il faut lui enlever ça, maintenant, déclara Rowan.

– Sa peau est déjà fichue, commenta sa sœur.

– Kestrel, s'il te plaît...

– Oui, boucle-la un peu, Kestrel ! enchaîna Mary-Lynnette en se levant brusquement.

Un lourd silence s'installa, qui, à sa grande surprise, dura plusieurs longues secondes. Kestrel n'ouvrait plus la bouche.

Alors, Mary-Lynnette et Rowan entreprirent d'ôter les petits morceaux de bois plantés dans le corps de la chèvre.

Certains avaient la taille d'un cure-dent, d'autres étaient plus longs que les doigts de Mary-Lynnette et un peu plus épais que le fer d'une brochette, mais tous étaient sinistrement pointus à leur extrémité.

Celui qui a fait ça est très fort, se dit la jeune fille. *Assez fort pour percer la peau d'une chèvre d'un fin morceau de bois.*

La pauvre Ethyl était transpercée de partout. Des centaines de fois. Elle avait l'air d'un porc-épic.

– Elle n'a pas beaucoup saigné, remarqua Rowan. Ça veut dire qu'elle était morte quand on lui a fait ça.

Montrant le cou de l'animal, elle ajouta :

– Et regardez, ici.

La fourrure blanche était rouge vif, à cet endroit. *Exactement comme le daim...*

– Soit on lui a coupé la gorge, soit on l'a mordue. Ça a donc dû être rapide pour elle, et elle s'est vidée de son sang. Pas comme...

– Comme quoi ? demanda Mary-Lynnette.

Rowan hésita. Elle leva les yeux vers Jade, qui reniflait et essuyait ses larmes sur l'épaule de Mark.

Se retournant vers Mary-Lynnette, Rowan lui dit :

– Pas comme l'oncle Hodge.

Elle reporta son attention sur la chèvre et ôta soigneusement une autre brindille avant de l'ajouter aux autres, sur le sol près d'elle.

– C'est de cette façon que les Anciens ont tué oncle Hodge, expliqua-t-elle. Seulement, il était en vie quand ils lui ont fait ça.

Pendant un instant, Mary-Lynnette fut incapable de prononcer le moindre mot. Puis, d'une voix blanche, elle lâcha :

– Pourquoi ?

Rowan extirpa deux autres tiges de bois, l'air imperturbable.

– Parce qu'il avait parlé du Night World à un humain.

Mary-Lynnette se redressa sur ses talons et regarda Mark. Celui-ci s'assit alors par terre et installa Jade à côté de lui.

– C'est pour ça que tante Opale avait quitté l'île, déclara Rowan.

– Et voilà qu'elle se fait planter un pieu dans le cœur, dit Kestrel. Et qu'une de ses chèvres se fait tuer de la même façon qu'oncle Hodge.

– Mais, qui peut faire ça ? interrogea Mary-Lynnette.

– Quelqu'un qui connaît les vampires.

Les yeux bleus de Mark paraissaient plus sombres que d'habitude, et légèrement brillants.

– Vous parliez tout à l'heure d'un chasseur de vampires.

– Oui, c'est mon avis, dit Kestrel.

– Alors, qui pourrait l'être, dans le coin ? insista Mary-Lynnette. Et d'ailleurs, un chasseur de vampires, qu'est-ce que c'est ?

– C'est ça, le problème, reprit Rowan. Comment peut-on savoir qui est un chasseur de vampires ? Je ne sais même pas si je crois que ça existe.

– Ça doit être des humains qui ont découvert le Night World, déclara Jade en essuyant une larme de sa joue. Ils n'arrivent pas à être crédibles aux yeux des autres – ou ils ne veulent pas que les autres le sachent. Alors ils nous pourchassent ; ils essaient de nous éliminer l'un après l'autre. Ils doivent en savoir autant sur le Night World que les créatures de la nuit.

– Tu veux dire, savoir comment on pouvait tuer votre oncle Hodge ? demanda Mary-Lynnette.

– Oui, mais ce n'est un secret pour personne, lui rappela Rowan. Tout le monde sait comment tuer un vampire – c'est la méthode traditionnelle d'exécution chez les lamies. À part le fait d'enfoncer un pieu dans le cœur ou de brûler, il n'y a pas d'autres manières de tuer un vampire.

Mary-Lynnette était songeuse. Cela ne les avançait guère. Qui était censé vouloir tuer une vieille femme et une chèvre ?

– Rowan, pourquoi ta tante avait-elle des chèvres ? J'ai toujours cru que c'était pour le lait, mais...

– C'était pour le sang, j'en suis sûre, coupa-t-elle. Si elle paraissait aussi vieille que tu le dis, elle n'avait sans doute plus la possibilité d'aller s'aventurer dans les bois pour chasser.

Mary-Lynnette regarda de nouveau la chèvre dans l'espoir de trouver d'autres réponses. Elle l'observa d'une façon méthodique, détachée. Et, lorsque son œil s'arrêta sur le museau d'Ethyl, elle s'approcha encore.

– Je... il y a quelque chose dans sa bouche.

– Dis-moi que c'est une blague, lança Mark.

– Pas du tout, attends... je n'arrive pas à... il me faudrait quelque chose pour... Attendez, je reviens !

Bondissant sur ses pieds, elle courut à la cuisine et ouvrit un tiroir où elle attrapa un couteau d'argent richement ciselé, avant de retourner à l'entrée du salon où gisait l'animal.

– Alors..., fit-elle tout en écartant les dents d'Ethyl.

Il y avait quelque chose dans sa gueule, qui ressemblait à une fleur. Une fleur noire. Elle le sortit en la tirant du bout des doigts.

– Le *Silence des chèvres*…, murmura Mark.

Sa sœur l'ignora et tourna l'objet entre ses mains.

– On dirait un iris ; mais coloré de noir.

Jade et Rowan échangèrent un regard sinistre.

– Ça a décidément quelque chose à voir avec le Night World, déclara Rowan. Si on en doutait avant, on peut en être sûrs, maintenant. Les fleurs noires sont les symboles du Night World.

– Des symboles ?…, interrogea Mary-Lynnette en posant près d'elle la fleur encore humide.

– On les porte pour s'identifier les uns par rapport aux autres ; tu sais, sur des bagues, des badges ou des habits, par exemple. Chaque espèce possède sa propre fleur, et il y a des clubs, des familles, aussi, qui portent le nom d'une fleur. Les sorcières utilisent des dahlias noirs ; les loups-garous des digitales noires ; ceux qui sont devenus vampires choisissent, eux, des roses noires…

– Et il existe une chaîne de clubs appelée l'Iris Noir, précisa Kestrel en s'approchant d'eux. Je le sais parce que Ash en est membre.

– Ash…, répéta Jade en écarquillant ses immenses yeux verts.

Mary-Lynnette se figea. Quelque chose dansait au fond de sa mémoire. Un motif noir…

– Mon Dieu…, fit-elle alors, je… je connais quelqu'un qui porte une bague… une chevalière ornée d'une fleur noire.

Tous les visages se tournèrent vers elle.

– Qui ? demanda Mark à l'unisson avec Rowan.

Elle hésita de longues secondes puis finit par lâcher :

– C'est Jeremy Lovett.

– Ah, ce tordu… Il crèche seul dans une caravane au milieu des bois. Et, l'été dernier…

Il s'interrompit brutalement, resta un instant bouche bée et, enfin, acheva sa phrase :

– L'été dernier, on a découvert un cadavre tout près de là où il vit.

– Rowan, demanda alors Mary-Lynnette, est-ce que tu peux savoir si quelqu'un est une créature de la nuit ?

– Eh bien… pas vraiment… si la personne a appris à se protéger l'esprit d'un écran mental. On peut essayer de la surprendre en lui révélant quelque chose de brutal. Mais sinon, non. Sûrement pas.

– Génial, marmonna Mark. Je crois que Jeremy ferait une supercréature de la nuit. Et, en y réfléchissant, Vic Kimble et Todd Akers aussi.

– Todd ? s'étonna Jade. Attends.

Elle saisit l'une des tiges de bois qu'elles avaient ôtées du corps de la chèvre et l'observa avec attention.

– Quoi qu'il en soit, reprit Rowan, on devrait aller voir ton ami Jeremy. Si ça se trouve, il est totalement innocent – il arrive que des humains s'emparent d'une bague ou d'un badge nous appartenant, et c'est là que les choses se compliquent. Surtout s'ils viennent se balader dans l'un de nos clubs...

Mary-Lynnette ne savait plus que penser. Elle avait un épouvantable pressentiment. L'extrême réserve de Jeremy, sa façon de se démarquer des autres, à l'école ou ailleurs, sa beauté sauvage, aussi, et l'élégance animale avec laquelle il se mouvait... Tout semblait décidément mener à la même conclusion. Le mystère sur Jeremy Lovett était enfin levé, et cela se terminait plutôt mal.

– Bon, très bien, déclara Kestrel. On va aller rendre visite à ce Jeremy. Mais qu'est-ce qu'on fait d'Ash ?

– Quoi, Ash ? fit Rowan.

Elle ôta le dernier morceau de bois puis, avec douceur, souleva le coin du vieux tapis et le roula autour du corps d'Ethyl, comme un linceul.

– Tu ne vois pas ? C'est la fleur de son club. Alors c'est peut-être quelqu'un de son club qui a fait ça.

– Hum... vous allez me prendre pour un débile, intervint Mark, mais je ne capte absolument rien de ce que vous dites. Ash, qui est-ce ?

Les trois sœurs le regardèrent, et Mary-Lynnette se détourna. Après tant d'occasions ratées, tout le monde tomberait des nues lorsqu'elle avouerait avoir rencontré Ash. Deux fois. Mais elle n'avait plus le choix. Il fallait qu'elle en parle.

– C'est notre frère, répondit Kestrel.

– Il est taré, renchérit Jade.

– C'est le seul de la famille à peut-être savoir qu'on est ici, à Briar Creek, ajouta Rowan. Il m'a surprise en train de remettre une lettre à Crane Linden au moment où celui-ci quittait l'île. Mais je ne pense pas qu'il ait pu lire dessus l'adresse de tante Opale. Il n'est pas très doué pour remarquer les choses qui ne le concernent pas.

– Je ne te le fais pas dire, déclara Jade. Ash ne pense qu'à lui. Il n'y a pas plus égoïste, sur cette terre.

– Tout ce qu'il sait faire, c'est sortir, draguer, et puis chasser, aussi, affirma Kestrel avec un sourire qui poussa Mary-Lynnette à se demander si elle le désapprouvait réellement.

– Il n'aime pas les humains, reprit Jade. S'il n'adorait pas pourchasser les filles et jouer avec elles, il serait sans doute en train de planifier d'exterminer tous les humains et de s'emparer du monde.

– Ça m'a l'air d'être un garçon tout à fait charmant, commenta Mark sur un ton désabusé.

– Il est du genre conservateur, expliqua Rowan. Politiquement, je veux dire. Personnellement, il est…

– Peu structuré, enchaîna Kestrel.

– Ça, c'est gentiment dit, observa Jade. Il n'y a qu'une chose qu'il désire quand il court après une humaine – à part sa voiture, bien sûr…

Le cœur de Mary-Lynnette commençait réellement à s'affoler. À mesure que le temps passait, il lui était de plus en plus difficile d'en placer une. Et, chaque fois qu'elle ouvrait la bouche, quelqu'un d'autre prenait la parole à sa place.

— Alors, attendez…, reprit Mark, vous pensez que c'est lui qui a fait tout ça ?

— Je l'en crois bien capable, dit Kestrel.

Et Jade de hocher vigoureusement la tête.

— Mais, enfin… sa propre tante ! s'exclama le jeune homme.

— S'il pensait que l'honneur de sa famille était en jeu, oui.

— Il y a quand même un problème, déclara alors Rowan. Ash n'est pas là. Il est en Californie.

— Faux, lança du fond du salon la voix tranquille de leur frère.

12

Ce qui arriva ensuite fascina littéralement Mary-Lynnette. Elle put voir les trois sœurs vampires faire tout ce qui lui avait échappé un peu plus tôt dans la clairière. Les feulements, les griffes dehors, tout y était... comme au cinéma.

Sauf que, lorsqu'un vampire feulait, cela semblait réel ; comme un chat, pas comme une personne imitant un chat.

Les trois filles bondirent, prêtes à se battre.

Sans montrer un visage grimaçant, Jade et Kestrel dévoilèrent des dents longues, félines et délicatement recourbées, qui apparurent de chaque côté de leur lèvre inférieure.

Il y eut autre chose aussi : leurs yeux avaient changé. Les prunelles de Jade, d'habitude vert-de-gris, avaient pris un reflet argenté ; les yeux d'ambre de Kestrel étaient maintenant d'une lumineuse teinte topaze ; et ceux de Rowan étaient devenus profondément sombres.

– Ça va être chaud…, murmura Mark, debout près de Jade, et dont le regard ne cessait d'aller de l'un à l'autre.

– Salut, lança Ash d'une voix tranquille.

Surtout ne pas le regarder, se dit Mary-Lynnette, le cœur palpitant et les jambes flageolantes. *L'attraction des particules vers les antiparticules…*, pensa-t-elle en se rappelant ses cours de physique de l'année précédente. Mais il y avait un autre terme pour cela, plus court ; et, malgré elle, il lui était impossible de l'ignorer.

Les âmes sœurs.

Diable, elle n'avait vraiment pas envie de ça. Jamais elle n'avait demandé ça ! Ce qu'elle voulait, c'était localiser une supernova et étudier les miniquasars à l'Observatoire Gamma Ray. Ce qu'elle voulait, c'était être celle qui découvrirait le lieu où se cachait toute la matière noire de l'Univers.

Mais ce qui se passe là… non, ce n'est pas cool !

C'était à Bunny Marten, qui se languissait de connaître une histoire d'amour, que tout cela aurait dû arriver. Mary-Lynnette, elle, ne désirait qu'une chose : que quelqu'un la comprenne. *Toi…*, lui soupirait une petite voix.

Et, au lieu de cela, elle se trouvait en face d'un garçon dont la seule présence terrifiait ses propres sœurs.

Voilà pourquoi celles-ci se tenaient prêtes au combat, proférant des bruits menaçants. Kestrel elle-même avait peur de lui, c'était dire.

À l'instant où Mary-Lynnette comprit la chose, une espèce de rage s'immisça en elle, qui balaya tout ce qu'elle pouvait redouter. Quoi qu'elle puisse penser d'Ash, elle ne le craignait pas.

– Jamais tu ne frappes à la porte ? lui demanda-t-elle en s'avançant vers lui d'un pas décidé.

Une assurance toute neuve, qu'elle devait à sa nouvelle famille, elle le savait. Jade et Kestrel tentèrent de la retenir, de l'empêcher de s'approcher de leur frère. De la protéger. Mais Mary-Lynnette se dégagea.

Ash lui jeta un regard méfiant puis lâcha, sans le moindre enthousiasme :

– Ah, tu es là ?

– Qu'est-ce que tu fais ici ?

– Je suis dans la maison de mon oncle.

– La maison de ta tante, corrigea-t-elle. Et on ne t'y a pas invité.

Comme il se tournait vers ses sœurs, Mary-Lynnette imaginait fort bien ce qui lui trottait dans la tête. Avaient-elles parlé du Night World à quelqu'un ? Et, même si elles ne l'avaient pas fait, leur comportement actuel devait les trahir ; une humaine ne feulait pas, en principe.

– Bon, fit-il, l'index levé, écoutez...

Sans le laisser terminer, Mary-Lynnette lui flanqua un brusque coup de pied dans le tibia.

– Mais... enfin, fit-il dans un bond en arrière, tu es folle ?!

– Oui, elle est folle, répondit Mark en abandonnant Jade pour se ruer vers sa sœur et la prendre par le bras. Tout le monde sait qu'elle est folle. Elle n'y peut rien.

Il recula, l'entraîna avec lui et la regarda comme si elle avait ôté tous ses vêtements pour danser le mambo complètement nue.

Kestrel et Jade aussi la considéraient avec stupéfaction. Leurs yeux avaient repris leur lueur ordinaire, leurs dents s'étaient rétractées. Jamais elles n'avaient vu quelqu'un traiter leur frère de la sorte. Et encore moins un humain...

Si les filles possédaient une force surhumaine, Ash était sans aucun doute encore plus fort qu'elles. Il pouvait sans problème aplatir Mary-Lynnette d'un simple geste.

Cependant, il n'y avait plus rien pour arrêter celle-ci. Elle n'avait pas peur de lui, seulement d'elle-même et de cette stupide boule qu'elle avait à l'estomac. Elle détestait aussi la façon dont ses jambes cherchaient à se dérober sous elle.

– Quelqu'un peut lui dire d'arrêter ? lança Ash à ses sœurs.

Kestrel et Jade jetèrent un regard consterné à Mary-Lynnette, qui, le souffle court, leur répliqua par un haussement d'épaules.

Elle vit que Rowan la regardait aussi, mais d'un air nettement moins ahuri. Elle semblait plutôt inquiète, surprise et, surtout, désolée.

– Vous vous connaissez, dit-elle simplement.

– Oui, j'aurais dû vous le dire… Il est venu chez nous. Il demandait à ma belle-mère des renseignements sur vous et vos amis, en prétendant qu'il devait les « approuver » car il était le chef de famille.

Les trois filles le fusillèrent du regard.

– Alors, tu étais dans la région, déclara Kestrel. Depuis combien de temps ?

– Oui, qu'est-ce que tu fais ici, exactement ? enchaîna Rowan.

Lâchant son tibia douloureux, Ash demanda :

– Est-ce qu'on peut s'asseoir et discuter de tout ça tranquillement ?

Tous les visages se tournèrent vers Mary-Lynnette, qui inspira profondément. Elle avait encore la peau électrisée, mais son cœur reprenait peu à peu un rythme normal.

– Oui, murmura-t-elle en s'efforçant de se ressaisir pour leur assurer que son moment de folie était passé.

Comme il l'invitait à prendre place sur le canapé, Mark lui souffla :

– Jamais je ne t'ai vue réagir de façon aussi immature. Je suis fier de toi.

Les grandes sœurs aussi ont droit de temps en temps à leur quart d'heure colonial, se dit-elle, amusée. Lui tapotant l'épaule, elle s'assit avec lassitude.

Ash s'installa dans un fauteuil, Rowan et Kestrel rejoignirent Mary-Lynnette sur le divan, tandis que Mark et Jade s'asseyaient sur une ottomane.

— Bon, fit alors Ash, on peut faire les présentations ? J'imagine que c'est ton frère.

— Oui... c'est Mark. Mark, je te présente Ash.

Tous deux se saluèrent d'un hochement de tête, et le nouveau venu posa les yeux sur les doigts entrelacés de Mark et de Jade. Mais son expression ne révéla rien.

— Très bien, reprit-il. Maintenant, voilà : je suis venu pour vous ramener chez nous. Tout le monde là-bas attend votre retour avec impatience.

— Oh, arrête, marmonna Jade, loin d'être dupe.

— Et si on ne veut pas rentrer avec toi ? dit Kestrel avec un sourire qui laissa brièvement apparaître ses dents.

Mary-Lynnette ne trouva rien d'étrange à cela. En revanche, elle trouva bizarre qu'Ash ne lui retourne pas son sourire. Totalement débarrassé pour l'instant de son air paresseux, moqueur et suffisant, il semblait simplement vouloir en finir avec un travail non terminé.

— On ne peut pas rentrer, Ash, lui dit Rowan.

Sa respiration paraissait légèrement saccadée, mais elle gardait la tête haute.

– Vous devez rentrer, c'est tout. Sinon, les conséquences risquent d'être très graves.

– On le savait, quand on est parties, affirma Jade avec, dans la voix, aussi peu d'émotion que Rowan.

Elle non plus ne tremblait pas.

– Eh bien, permettez-moi de vous dire que vous n'avez pas complètement réfléchi à ce que vous faisiez, reprit Ash sur un ton tranchant.

– On préférerait mourir que de rentrer, articula Jade.

Kestrel lui jeta un bref regard de surprise.

– Très bien, j'en prends note, dit-il, les lèvres serrées.

Puis son visage s'assombrit, et il parut soudain plus déterminé que Mary-Lynnette n'aurait osé le croire. Il n'avait plus l'air d'un grand chat blond mais d'un élégant tigre blanc, long et musclé.

– Bon, écoutez, reprit-il sur un ton où perçait la menace. Vous n'avez pas l'air d'avoir tout compris, et, moi, je n'ai pas le temps de vous faire un dessin. Alors, si on renvoyait vos petits copains chez eux pour parler tranquillement en famille ?

Les mains de Mary-Lynnette se crispèrent soudain en poings serrés. Mark, lui, s'accrocha à Jade, qui le repoussa doucement du coude en lui disant :

– Je crois que ce serait mieux, oui.

– Pas question de te laisser comme ça.

– Mark..., insista Rowan.

– Non, désolé. N'essayez pas de me protéger. Il n'est pas stupide ; tôt ou tard, il découvrira bien qu'on sait tout sur le Night World.

Rowan étouffa un hoquet. Kestrel demeura impassible mais ses muscles se tendirent comme si elle était prête à se battre. Les yeux de Jade virèrent de nouveau à l'argent. Quant à Mary-Lynnette, elle demeurait parfaitement immobile.

Tous regardaient Ash, à présent.

Levant les yeux au ciel, il laissa tomber :

– Je sais que tu sais tout. J'essaie simplement de te sortir de là, pauvre gars, avant de savoir ce que tu sais vraiment.

Mary-Lynnette ouvrit la bouche pour protester, mais Mark se montra plus rapide :

– Je croyais que tu n'aimais pas les humains.

– Je ne les aime pas ; je les déteste.

– Alors, pourquoi vouloir me donner une chance ?

– Parce que, si je te tue, je devrai tuer ta sœur, répliqua-t-il avec un sourire cruel.

– Elle t'a envoyé un coup de pied, c'est tout...

Passant brutalement à un autre sujet, Ash répondit :

– Méfiez-vous, je peux changer d'avis d'une seconde à l'autre.

– Non, attends ! intervint Jade, assise sur le divan, les jambes repliées sous elle.

Dévisageant son frère d'un air farouche, elle lui demanda :

— Pourquoi te soucier tout à coup de ce qui peut arriver à un humain ? Je trouve ça trop bizarre.

Sans répondre, Ash se contenta de fixer le feu avec amertume.

Ce fut Rowan qui prit la parole pour répliquer :

— Parce qu'ils sont tous les deux des âmes sœurs.

Un silence surpris s'ensuivit, puis tout le monde se mit à parler en même temps.

— Ils sont quoi ? ! Tu veux dire, comme Jade et moi ?

— Franchement, Ash, c'est trop, là. J'aimerais vraiment que notre père soit là pour voir ça.

— Ce n'est pas ma faute, murmura alors Mary-Lynnette dans son coin.

Tous se tournèrent vers elle, pour constater qu'elle avait les yeux pleins de larmes. Tendant le bras au-dessus de Kestrel, Rowan lui tapota gentiment l'épaule.

— C'est vrai ? interrogea Mark, interloqué. Vous ne blaguez pas ?

— Non, c'est vrai, reprit Mary-Lynnette en s'essuyant les paupières. Enfin, je pense… Je ne sais pas à quoi c'est censé ressembler, en fait.

— Oui, c'est vrai, renchérit Ash avec humeur. Mais ça ne veut pas dire qu'on va en faire quelque chose.

— Ça, tu peux en être sûr ! s'exclama la jeune fille, heureuse de laisser éclater son déplaisir.

– Très bien, fit-il. Dans ce cas, on reprend tous nos jouets et on rentre à la maison. On oublie tout ça et on décide que ça n'est jamais arrivé.

Rowan le regardait en secouant la tête. Au bord des larmes, elle souriait néanmoins.

– Jamais je n'aurais cru t'entendre dire une chose pareille, Ash. Tu as bien changé ; je n'arrive pas à y croire.

– Moi non plus, je n'arrive pas à y croire, avoua-t-il. Peut-être qu'on nage en plein rêve.

– Mais tu es bien forcé d'admettre maintenant que les humains ne sont pas de la vermine. Tu ne pourrais jamais avoir de la vermine pour âme sœur.

– Oui, d'accord, les humains sont géniaux. C'est un fait. Maintenant, on rentre, si vous voulez bien.

– Quand on était gamins, tu étais comme ça, insista Rowan. Avant de te mettre à estimer que tu étais mieux que les autres… Je me suis toujours dit que c'était un air que tu te donnais ; pour cacher à quel point tu avais peur, en fait. Et je savais très bien que tu ne croyais pas vraiment à toutes les horreurs que tu disais. Tout au fond de toi, tu restes un gentil petit garçon.

Ce qui lui attira son premier vrai sourire de la soirée.

– Ne crois pas ça, Rowan.

Mary-Lynnette avait écouté cela, le cœur de plus en plus tremblant. Pour dissimuler ce malaise, elle dit à Rowan :

– Je ne crois pas que ta tante était du même avis.

Ash se redressa soudain et demanda :

– Hé, la vieille sorcière, où est-elle, au fait ? J'aimerais avoir une petite conversation avec elle, avant de repartir.

Silence de mort.

– Ash... tu ne sais pas ? souffla Rowan.

– Bien sûr qu'il sait, lâcha Kestrel. Je te parie même que c'est lui, le responsable.

– Qu'est-ce que je suis censé savoir ? interrogea-t-il sur un ton impatient.

– Ta tante est morte, lui répondit Mark.

– D'un coup de pieu en plein cœur, précisa Jade.

La mine totalement incrédule, Ash balaya la pièce du regard.

Incroyable, se dit Mary-Lynnette, *il a l'air si jeune, quand il est stupéfait comme ça. Si vulnérable. Presque comme un humain.*

– On a... on a assassiné... tante Opale ? C'est ça que vous êtes en train de me dire ?

– Tu ne vas pas nous faire croire que tu ne le savais pas ? demanda Kestrel. Qu'est-ce que tu as fait de ta nuit, Ash ?

– Je me suis tapé la tête contre un rocher. Et je me suis lancé à votre recherche. Quand je suis entré ici, vous étiez en train de parler de moi.

– Et tu ne serais pas tombé sur des animaux, ce soir ? Sur des chèvres, par exemple ?

Il contempla longuement sa sœur avant de répondre :

– Je me suis nourri, si c'est ce que tu veux savoir. Et pas d'une chèvre. Mais quel est le rapport avec tante Opale ?

– Je crois qu'on devrait lui montrer, suggéra Rowan.

Elle se leva et alla dérouler le tapis qui enveloppait Ethyl. Ash quitta son siège et s'approcha alors, sous les yeux de Mary-Lynnette qui ne cessait d'observer son visage.

Il grimaça… pour aussitôt se ressaisir.

– Regarde ce qu'on a trouvé dans sa gueule, dit tranquillement Rowan.

– Un iris ? fit-il en prenant la fleur noire entre ses doigts. Et alors ?

– Tu es allé à ton club, récemment ? interrogea Kestrel.

Il répondit d'un ton las :

– Si c'était moi qui avais fait ça, pourquoi est-ce que je laisserais un iris comme signature ?

– Pour nous dire justement que c'est toi.

– Je n'ai pas besoin de tuer des chèvres pour dire les choses, tu sais. Je suis capable de parler.

Ce qui n'impressionna pas Kestrel.

– Peut-être que, de cette façon, ton message n'a que plus d'impact.

– Est-ce que j'ai une tête à perdre du temps à transformer les chèvres en pelote à épingles ?

– Non, non, reprit Rowan de son éternelle voix douce. Je ne pense pas que ce soit toi ; mais celui qui a fait ça, c'est sans doute celui qui a tué tante Opale. On essayait justement de trouver qui ça pouvait être.

– Et alors, qui a-t-on comme suspects ?

Tous regardèrent Mary-Lynnette... qui se détourna.

– Il y en a un qui arrive sérieusement en tête de liste, dit Mark, c'est Jeremy Lovett. Un vrai...

– ... garçon tranquille, coupa Mary-Lynnette.

Si quelqu'un pouvait décrire Jeremy, c'était bien elle.

– Je le connais depuis la petite école, poursuivit-elle, et jamais je ne l'aurais cru capable de faire du mal à qui que ce soit – surtout à une vieille femme ou à un animal.

– Mais son oncle était fou, insista Mark. Et il y a des rumeurs sur sa famille...

– Personne ne sait rien sur sa famille.

Elle avait l'impression de lutter pour garder la tête hors de l'eau, avec les poignets et les chevilles lestés. Ce n'était pas les soupçons de Mark qui l'attiraient vers le bas, c'étaient les siens propres – la petite voix qui lui assurait « il paraît si gentil »... et qui voulait dire, bien sûr, qu'il ne l'était pas.

Ash la considérait d'un air soucieux, intense.

– À quoi ressemble-t-il, ce Jeremy ?

La façon dont il posa cette question irrita profondément Mary-Lynnette.

— Qu'est-ce que ça peut te faire ?

— Je suis curieux, c'est tout, rétorqua-t-il, l'air faussement indifférent.

— Il est très beau, répondit-elle alors avec force.

Une façon à elle de se libérer un peu de sa frustration et de sa colère.

— Et il est sensible, aussi, et très intelligent – il n'a pas une beauté creuse, comme certains. Ses cheveux ont la couleur des blés au soleil couchant, et il a de splendides yeux bruns... Il est mince, bronzé et à peine plus grand que moi, parce que je n'ai pas besoin de lever les yeux pour regarder sa bouche...

Ash n'avait pas l'air content, quand il répliqua :

— J'ai aperçu quelqu'un qui ressemblait à ta description, hier, à la station-service. Rowan, tu crois que ce serait un vampire hors la loi ?

— En tout cas, pas un humain devenu vampire, car Mary-Lynnette l'a vu grandir. Non, je penserais plutôt à une lamie renégate. Mais pourquoi essayer de le cacher d'ici ? On peut aller le voir demain, et on en saura plus. D'accord ?

Mark hocha la tête, bientôt imité par sa sœur.

— D'accord, fit Ash. Je comprends pourquoi vous ne pouvez pas rentrer tant que le problème n'est pas résolu.

On découvre donc qui a tué tante Opale, on prend les dispositions nécessaires et, ensuite, on rentre tous les quatre chez nous. Entendu ?

Les trois sœurs se gardèrent bien de lui répondre.

*

* *

Alors qu'elle et Mark reprenaient le chemin de la maison, Mary-Lynnette nota que Sirius était monté à l'est au-dessus de l'horizon. Accroché comme un joyau dans le ciel noir, il ne lui avait jamais paru aussi lumineux, aussi brillant. Jamais. C'était presque un soleil miniature, qui dardait l'espace sombre de ses rayons bleus, pourpres et dorés.

Elle pensa que c'était un effet de son imagination... jusqu'au moment où elle se souvint qu'elle avait échangé son sang avec trois vampires.

13

Assise dans la bergère, Tiggy couché à l'envers sur ses genoux, Jade lui caressait le ventre. S'il ronronnait, il était néanmoins furieux, et son luisant regard mordoré montrait bien son indignation.

– L'autre chèvre va bien, annonça Kestrel du seuil de la maison. Tu peux laisser ton chat sortir.

Mais Jade n'en avait pas envie. Il y avait un fou qui errait dans les rues de Briar Creek, et elle préférait garder Tiggy en sécurité, là où elle ne risquait pas de le perdre de vue.

– On ne va pas devoir se nourrir de la chèvre, hein ? demanda Kestrel à Rowan.

– Bien sûr que non, répondit celle-ci en cachant mal sa préoccupation. Tante Opale le faisait car elle était trop vieille pour chasser.

– J'adore chasser, déclara Jade. C'est encore mieux que je ne le croyais.

Mais Rowan n'écoutait pas. En se mordant la lèvre, elle fixait un point invisible devant elle.

– Rowan ?… Qu'est-ce qu'il y a ?

– C'est la situation dans laquelle on se trouve qui me travaille. Toi et Mark, déjà… Il faudrait qu'on ait une petite discussion là-dessus.

Une alarme retentit dans l'esprit de Jade. Rowan se trouvait dans une de ses périodes réorganisatrices, ce qui signifiait que, le temps d'un clin d'œil, elle pouvait refaire la décoration de votre chambre ou décider de déménager pour l'Oregon.

– Une discussion à quel propos ?

– À propos de ce que vous allez faire, tous les deux. Est-ce qu'il va rester humain ?

– On ne peut pas le changer, objecta Kestrel. C'est illégal.

– Tout ce qu'on a fait cette semaine était illégal, je te ferais remarquer. Et, s'ils échangent à nouveau leur sang… une ou deux fois suffiront. Jade, tu veux qu'il soit un vampire ?

Elle n'y avait pas pensé, à vrai dire. Elle trouvait Mark très bien comme il était. Mais peut-être lui voulait-il être un vampire ?

– Qu'est-ce que tu vas faire avec la tienne ? demanda Jade à Ash qui descendait lentement l'escalier.

– Avec ma « quoi » ?

Il avait l'air aussi endormi qu'irritable.

— Ton âme sœur. Est-ce que Mary-Lynnette va rester humaine ?

— Voilà l'autre question qui m'inquiète, dit Rowan. Tu as pensé à ça, Ash ?

— Excuse-moi, mais je suis dans l'incapacité de penser, le matin. Je n'ai pas encore mon cerveau à moi.

— Il est presque midi, lâcha Kestrel sur un ton méprisant.

— Je me fiche de l'heure qu'il est ; j'ai encore sommeil, c'est tout.

Se dirigeant vers la cuisine, il lança sans se retourner :

— Et puis, pas la peine de t'inquiéter : je ne vais rien faire avec cette fille, et Jade ne fera rien avec son frère. Parce qu'on repart chez nous.

Le cœur de Jade se mit à galoper dans sa poitrine. Ash avait peut-être l'air léger mais elle devinait de la brutalité derrière ses paroles.

— Mary-Lynnette est vraiment son âme sœur ? demanda-t-elle à Rowan.

Rowan se cala contre le dossier, sa flamboyante chevelure s'étalant en cascade sur le brocart du canapé.

— J'en ai bien peur.

— Alors, il ne peut pas vouloir s'en aller ?

— En fait… les âmes sœurs n'ont pas toujours besoin de rester ensemble. Parfois, c'est trop — le feu, les éclairs, tout ça… Certains ne le supportent pas.

Peut-être Mark et moi ne sommes-nous pas vraiment des âmes sœurs, songea Jade. *Et c'est peut-être mieux comme ça. Ça a l'air d'être douloureux.*

— Pauvre Mary-Lynnette, murmura-t-elle.

Ce qui ne l'empêcha pas de penser en même temps : *pourquoi personne ne dit-il « pauvre Ash » ?*

— Pauvre Mary-Lynnette, répéta-t-elle.

Ash réapparut alors.

— Écoutez, dit-il en s'asseyant sur un fauteuil d'acajou sculpté, il faut qu'on parle sans faire de cachotteries. Ce n'est pas seulement le fait que je voudrais que vous rentriez ; je ne suis pas le seul à savoir que vous êtes ici.

Jade se raidit.

— Tu en as parlé autour de toi ? demanda Kestrel sur un ton quasi amusé.

— J'étais avec quelqu'un lorsque la famille a appelé pour annoncer votre disparition. Et il était là quand j'ai compris où vous aviez dû vous réfugier. C'est aussi un excellent télépathe. Alors, estimez-vous heureuses que j'aie réussi à le convaincre de me laisser partir à votre recherche.

Oui, Jade devait admettre qu'elle avait de la chance. Elle trouvait en même temps étrange que son frère se donne tant de mal pour elle, Rowan et Kestrel — pour des gens qui n'étaient pas lui, en fait. Mais peut-être ne le connaissait-elle pas aussi bien qu'elle le croyait.

— Et, ce « quelqu'un », c'était qui ? demanda Rowan.

– Oh, personne, fit-il, les yeux au plafond, en se calant dans le fond du fauteuil. Juste Quinn.

Jade frissonna. *Quinn… ce serpent.* Il avait le cœur plus froid que la glace, et il haïssait les humains. Il était du genre à appliquer lui-même les lois du Night World s'il jugeait qu'elles n'étaient pas correctement observées.

– Il reviendra lundi pour voir si j'ai bien la situation en main. Et si ce n'est pas le cas, on est tous morts – vous, moi, et vos petits amis humains.

– On a donc jusqu'à lundi pour trouver une solution, dit Rowan.

– S'il tente quoi que ce soit contre nous, on saura sortir les griffes.

Comme pour étayer ses paroles, Jade appuya sur le ventre de Tiggy pour le faire grogner.

Mary-Lynnette dormit comme une masse, cette nuit-là, mais d'un sommeil accompagné de rêves frappants. Elle rêva d'astres plus brillants que jamais et de nuages d'étoiles aux couleurs des aurores boréales. Elle rêva qu'elle avait découvert une supernova, qu'elle était la première à l'avoir aperçue grâce à ses merveilleux yeux tout neufs. Des yeux – elle le voyait bien dans le miroir – dont la pupille était capable de se dilater à l'infini, comme ceux d'un hibou ou d'un chat…

Puis le rêve changea. Elle était une chouette s'envolant du haut d'un pin Douglas pour fondre sur un écureuil et l'attraper dans ses serres, avant de reprendre son vol avec un immense sentiment de bonheur. Tuer lui semblait tellement naturel ; il lui suffisait d'attraper de la nourriture avec ses pattes.

Mais, soudain, une ombre s'abattit sur elle. Et, dans son rêve, elle constata avec épouvante que même les chasseurs pouvaient être pourchassés. Et que quelque chose la suivait…

Elle se réveilla totalement confuse – non pas en se demandant où elle était, mais qui elle était. Mary-Lynnette ou un chasseur poursuivi par une entité aux dents blanches luisant sous la lune ? Et, même une fois descendue à la cuisine, elle fut incapable de se débarrasser de la désagréable impression que lui avait procurée son dernier rêve.

– Salut, lui lança Mark en la rejoignant. Tu en es au petit déjeuner ou au déjeuner ?

– Les deux, répondit-elle devant son bol de céréales.

– Alors, tu repenses aussi à tout ça ?

– À quoi ?

– Tu sais bien.

Évidemment, elle savait. Elle jeta un coup d'œil autour d'eux pour s'assurer que Claudine ne pouvait pas les entendre.

– N'y pense pas, souffla-t-elle.

– Et pourquoi ?

Comme sa sœur ne répondait pas, il enchaîna :

– Ne me dis pas que tu ne t'es pas demandé comment ce serait de voir mieux, d'entendre mieux, d'être télépathe… et de vivre éternellement. Voir l'année 3000, tu imagines ? La guerre des robots, la colonisation d'autres planètes… Allez, Mary, ne me dis pas que tu n'es pas curieuse, que ça ne te travaille pas quelque part.

Le passage d'un poème de Robert Service sur les aurores boréales lui revint alors à l'esprit : « Et le ciel de la nuit palpitait d'une lumière vibrante… »

– Oui, je suis curieuse, admit-elle. Mais ce n'est pas la peine de s'extasier non plus. Ils font des choses qu'on ne peut pas faire : ils tuent.

Elle repoussa son bol comme si elle avait soudain perdu l'appétit. Mais elle ne ressentait aucun dégoût, en fait. Et c'était bien là le problème. Elle aurait dû être malade à la seule idée de tuer, de boire le sang d'un corps tout chaud.

Au lieu de cela, elle avait peur. Peur de ce qui se trouvait là-bas dans le monde – et peur d'elle-même.

– C'est dangereux, articula-t-elle tout haut. Tu ne vois pas ? On se retrouve mêlés à ce Night World, un endroit où il peut se passer des sales choses. Pas des sales choses comme se faire recaler à un examen ; mais des sales choses comme…

... des dents blanches sous le clair de lune...

– Comme de se faire tuer, acheva Mary-Lynnette. Je ne rigole pas, Mark. On n'est pas dans un film, là.

– Oui, mais, ça, on le savait déjà.

Je ne vois pas où est le problème, semblait-il dire.

– Bon, fit-elle en se levant, si on va là-bas, on ferait mieux de se bouger. Il est presque une heure.

Les sœurs et Ash les attendaient à la ferme Burdock.

– Jade et Mark, vous pouvez vous asseoir devant avec moi, leur conseilla Mary-Lynnette sans regarder Ash. Mais il vaudrait mieux ne pas emmener le chat.

– Si, je le garde avec moi, répliqua fermement Jade en grimpant dans la voiture. Sinon, je ne viens pas.

Comme ils pénétraient en ville, Mark déclara :

– Et voici Briar Creek dans toute sa splendeur. Un vendredi après-midi tranquille, avec absolument personne dans les rues.

Ne percevant pas dans sa voix l'amertume dont il était coutumier, Mary-Lynnette tourna la tête vers son frère et vit qu'il s'adressait à Jade, en fait. Et celle-ci regardait autour d'elle avec un intérêt manifeste, malgré les griffes du chat pendu à son cou.

– Si, il y a quelqu'un dans les rues, dit-elle sur un ton enjoué. Il y a Vic, et aussi son copain Todd. Et puis des adultes.

Mary-Lynnette ralentit tandis qu'ils passaient devant le bureau du shérif mais ne s'arrêta qu'à hauteur de la station-service, à l'angle opposé. Puis elle descendit du break et jeta un regard discret de l'autre côté de la rue.

Todd Akers était là avec son père, le shérif. Et Vic se trouvait là, aussi, avec M. Kimble. Ce dernier possédait une ferme, à l'est de la ville. L'air particulièrement agité, tous les quatre montèrent dans la voiture du shérif. Debout à l'entrée de la boutique, Bunny Marten les regarda s'éloigner.

Mary-Lynnette sentit la peur l'envahir. *C'est ça, quand on a un terrible secret*, songea-t-elle. *On s'inquiète de tout ce qui arrive, et on se demande si on a quelque chose à voir avec ça, si on va se faire piéger.*

– Salut, Bunny ! lança-t-elle du trottoir d'en face. Qu'est-ce qui se passe ?

– Oh… salut, Mary !

Elle traversa la rue d'un pas tranquille – Bunny ne se pressait jamais.

– Tu vas bien ? Ils sont partis voir ce qu'il y avait avec ce cheval.

– Quel cheval ?

– Oh, tu n'es pas au courant ?

Le regard de Bunny fut soudain attiré par ce qui se passait derrière son amie, à présent : Mark et les quatre étrangers qui sortaient lentement du break. Ses yeux bleus s'écarquillèrent alors, et elle passa une main nerveuse dans ses cheveux blonds.

Elle doit se demander qui sont ces personnes, se dit Mary-Lynnette, amusée.

— Bonjour, lança Ash en s'approchant.

— Qu'est-ce qui se passe, alors, avec ce cheval ? s'empressa-t-elle d'interroger.

— Oh… en fait, c'est l'un des chevaux de M. Kimble qui s'est entaillé la gorge sur des barbelés, la nuit dernière. C'est ce que tout le monde disait, ce matin. Mais, là, M. Kimble vient de revenir, et il prétend que ce ne sont pas des barbelés qui ont fait ça. Il pense que… c'est l'œuvre de quelqu'un. Qu'on a égorgé le cheval et qu'on l'a laissé crever sur place.

Bunny courba les épaules et frissonna. Rien d'autre que du théâtre, pour Mary-Lynnette.

— Vous voyez ? fit alors Jade. C'est pour ça que je préfère garder un œil sur Tiggy.

— Merci, Bun, lui dit son amie, non sans remarquer la façon dont elle observait Jade.

— Bon, il faut que je retourne à la boutique, souffla Bunny sans bouger d'un millimètre.

Maintenant, elle regardait Rowan et Kestrel.

— Je t'accompagne, proposa Ash avec galanterie.

Ce que Mary-Lynnette considéra plutôt comme une façon de faire avancer les choses.

– Après tout, continua-t-il, on ne sait pas ce qui peut vous tomber dessus sans prévenir.

– Tu parles, il fait grand jour, lâcha Kestrel, ironique.

Mais, déjà, Ash entraînait Bunny de l'autre côté de la rue. Et Mary-Lynnette décida qu'elle était heureuse d'être débarrassée de lui.

– Cette fille, qui est-ce ? demanda Rowan d'une voix méfiante.

– C'est Bunny Marten, une copine d'école... Pourquoi ? Qu'est-ce qu'il y a ?

– Elle nous observait, articula-t-elle à voix basse.

– Elle regardait Ash... et puis vous trois, sans doute. Vous êtes nouvelles, ici ; et vous êtes belles. Alors elle se demande peut-être quels garçons vous allez bien pouvoir lui piquer.

– Ah, d'accord..., reprit l'aînée des sœurs, sans paraître rassurée pour autant.

– Rowan, qu'est-ce que tu as ?

– Rien. Rien du tout... C'est juste qu'elle porte un nom de lamie.

– « Bunny » ?

– Oui, fit Rowan avec un léger sourire. Les lamies portent par tradition des noms issus de la nature – de gemmes, d'animaux, de fleurs ou d'arbres. Alors, « Bunny », le lapin, serait un prénom de lamie ; et « Marten », ce n'est pas un genre de belette... ou de fouine ?

De nouveau, Mary-Lynnette sentait un souvenir remuer dans sa mémoire. Un souvenir de lapins... de bois...

Mais, non ; impossible de se rappeler. S'adressant à Rowan, elle lui dit :

– Mais... est-ce que tu sens quelque chose d'inquiétant chez elle ? Est-ce qu'elle a l'air d'être... un peu comme vous autres ? Parce que, moi, je ne la vois pas vampire. Désolée, même en me forçant, je n'y arrive pas.

– Non, sourit Rowan, je ne sens rien. Et, en fait, tu dois avoir raison ; les humains peuvent aussi porter des noms comme les nôtres. Mais parfois, ça peut être déroutant.

Pour une raison étrange, l'esprit de Mary-Lynnette restait fixé sur le bois.

– Je ne comprends pas pourquoi vous vous donnez des noms d'arbres. Je croyais que le bois était dangereux pour vous.

– Il l'est – et c'est ça qui fait sa puissance. Trois noms sont censés être parmi les noms les plus puissants que nous ayons.

Voyant Ash ressortir de la boutique, Mary-Lynnette se détourna aussitôt et chercha Jeremy du regard.

Elle ne le vit pas dans la station vide, mais elle perçut quelque chose. Des coups qu'elle entendait en fait depuis plusieurs minutes, déjà, sans y faire attention. Des coups de marteau.

– Allez, on fait le tour du garage, proposa-t-elle en s'éloignant sans laisser à Ash le temps de les rejoindre.

Kestrel et Rowan l'accompagnèrent.

Jeremy se trouvait effectivement derrière, s'acharnant à fixer une planche de bois en travers d'une fenêtre brisée. Le sol autour de lui était jonché de morceaux de vitre teintée de vert. Une mèche de cheveux brun clair lui retombait devant les yeux tandis qu'il luttait pour plaquer la planche contre le linteau.

– Qu'est-ce qui s'est passé ? demanda Mary-Lynnette.

D'un geste automatique, elle posa une main sur la pièce de bois pour aider le jeune homme à la maintenir en place.

Il la regarda, grimaça de soulagement et s'écarta de la fenêtre.

– Ah, Mary-Lynnette, merci… Tiens-la une seconde.

Il trouva des clous dans sa poche et les planta l'un après l'autre d'une main experte. Puis il expliqua :

– Je ne sais pas ce qui s'est passé. Quelqu'un s'est introduit ici, la nuit dernière. Il a tout fichu en l'air.

– On dirait qu'il s'est passé beaucoup de choses, la nuit dernière, commenta Kestrel avec acidité.

Jeremy se tourna vers elle et… ses doigts se figèrent sur le marteau et les clous. Il regarda Kestrel, et Rowan à côté d'elle, longuement, intensément. Enfin, il reporta son attention sur Mary-Lynnette puis demanda d'une voix pesante :

– Tu as déjà besoin d'essence ?

– Oh... non, non.

J'aurais dû en siphonner. Nancy Drew y aurait pensé, elle.

– Je... ça cogne un peu... dans le moteur... et je me suis dit que tu pourrais y jeter un œil. Comme tu me l'avais proposé la dernière fois...

Incohérente et pathétique, décida-t-elle pendant le silence qui suivit, tandis que les beaux yeux noisette de Jeremy cherchaient les siens.

– Pas de problème, Mary-Lynnette. Je te fais ça dès que j'ai terminé ici.

Non, il ne peut pas être un vampire... Et puis, qu'est-ce que je fais là à lui mentir, à le soupçonner alors qu'il s'est toujours montré adorable avec moi ? Il est du genre à aider les filles, pas à les tuer.

Ffffrrr...

Leur parvenant de derrière, le feulement soudain troua le silence. L'espace d'un horrible instant, elle crut que c'était Kestrel. Puis elle vit Jade et Mark déboucher à l'angle du garage, Tiggy gesticulant comme un bébé léopard dans les bras de la jeune fille. Le chaton crachait et sortait les griffes, son pelage noir hérissé de la queue à la tête. Sans laisser le temps à sa maîtresse de le maîtriser, il grimpa sur son épaule et, prenant appui sur son dos, bondit à terre avant de détaler.

– Tiggy ! s'étrangla Jade.

Elle s'élança à sa poursuite, aussi agile que l'animal, sa chevelure flottant au vent. Mark la suivit, non sans bousculer Ash qui arrivait à son tour et se vit, sans comprendre, plaqué contre le mur.

– Oh, oh, amusant, commenta Kestrel.

Mais Mary-Lynnette avait l'esprit ailleurs. Elle observait Jeremy, qui, découvrant soudain Ash, afficha une expression qui la fit frémir. Les yeux de celui-ci prirent une teinte glaciale, et la haine instinctive qui les opposa fut aussi palpable qu'instantanée.

Si son amie se mit aussitôt à trembler pour lui, Jeremy ne paraissait pas le moins du monde effrayé. Les muscles tendus à l'extrême, il semblait prêt à l'attaque.

Puis, contre toute attente, il se détourna, revint ajuster la planche contre la fenêtre, et Mary-Lynnette fit ce qu'elle aurait dû faire dès le début : elle regarda sa main. La chevalière d'or brillait toujours à son index, et elle déchiffra sans problème le motif gravé dans la gemme noire qui l'ornait.

Un bouquet de fleurs en forme de clochette. Pas un iris, ni un dahlia, ni une rose. Non, Rowan n'avait mentionné qu'une fleur pouvant avoir cette forme. On la trouvait à l'état sauvage un peu partout dans la région, et c'était un poison mortel.

Une digitale.

Maintenant, elle savait.

Elle se sentit près de défaillir. Sa main se mit à trembler sur la planche qu'elle tenait. Elle ne voulait pas bouger mais ne pouvait pas non plus rester ici.

– Euh... désolée... je dois aller chercher quelque chose.

Ces mots sortirent de sa gorge dans un souffle. Elle savait que tous la dévisageaient mais s'en moquait. Elle lâcha la planche et partit presque en courant.

Elle continua ainsi jusqu'à se retrouver derrière les fenêtres condamnées du Gold Creek Hotel. Alors, elle s'appuya contre le mur et posa le regard là où la ville se terminait et où commençait la campagne. Des nuages de poussière dansaient sous le soleil, légers et lumineux contre la masse sombre des pins Douglas.

Quelle idiote je fais. Tous les signes étaient là, sous mon nez, et je n'ai rien vu ! Pourquoi ? Sans doute que je ne le voulais pas...

– Mary-Lynnette ?

Elle se tourna d'un bond vers la voix qui l'appelait. Et résista à l'envie folle de se jeter dans les bras de Rowan en hurlant.

– Ça ira, ça ira..., promit-elle au bord des sanglots. Ce... c'était juste un choc.

– Mary-Lynnette...

– C'est que... tu comprends, je le connais depuis si longtemps. C'est dur de l'imaginer... tu vois. Mais ça montre à quel point les gens ne sont pas ce qu'ils semblent être...

– Mary-Lynnette, insista Rowan en secouant la tête.
De quoi parles-tu ?

– De lui. De Jeremy, évidemment.

Elle reprit péniblement sa respiration et ajouta :

– C'est lui qui a fait ça. Je suis sûre que c'est lui...

– Pourquoi dis-tu ça ?

– Pourquoi ? Parce que c'est un loup-garou !

Silence.

Mary-Lynnette se sentit subitement gênée. Elle regarda
autour d'elle pour s'assurer que personne ne l'entendait
puis murmura :

– C'en est bien un ? Comment t'en es-tu aperçue ?

– Tu as dit toi-même que la digitale noire était
l'emblème des loups-garous. Et il en a une sur sa bague.
Et toi, comment tu t'en es aperçue ?

– Je l'ai senti, répondit Rowan doucement. Les pouvoirs des vampires sont plus faibles au grand jour, mais
Jeremy n'essaie pas de cacher quoi que ce soit. Il reste
tranquillement dehors.

– C'est sûr..., répliqua amèrement Mary-Lynnette.
J'aurais dû le deviner, moi aussi ; c'est le seul en ville à
s'être intéressé à l'éclipse de lune. Et puis, sa façon de
bouger, ses yeux... et il vit à Mad Dog Creek, en plus.
Ça fait des générations que ce terrain appartient à sa
famille.

En reniflant de façon convulsive, elle précisa :

— Il y en a qui disent qu'ils ont vu le Sasquatch, ici. Un énorme monstre velu, moitié bête, moitié homme. Alors, ça veut dire quoi ?

L'air grave, Rowan avait malgré tout les lèvres qui tremblaient. Une larme coula sur la joue de Mary-Lynnette.

— Désolée, lui dit son amie en lui posant une main sur le bras.

— Et moi qui le prenais pour un gentil garçon…, fit-elle en regardant au loin.

— Mais c'est un gentil garçon. Et tu sais quoi ? Ça veut dire que ce n'est pas lui qui a fait ça.

— Quoi ? Le fait que ce soit un gentil garçon ?

— Non, le fait qu'il soit un loup-garou.

— Mais… pourquoi ? demanda-t-elle en la fixant de nouveau.

— En fait, répondit Rowan, les loups-garous sont différents. Ils ne sont pas comme les vampires. Ils ne peuvent pas boire le sang des gens sans leur faire de mal ensuite. Ils tuent chaque fois qu'ils chassent… parce qu'ils doivent manger.

Mary-Lynnette sursauta, mais Rowan poursuivit :

— Parfois, ils dévorent l'animal entier, mais ils mangent toujours les organes internes, le cœur et le foie. Ils sont obligés de le faire, de la même façon que les vampires doivent boire du sang.

— Et ça veut dire…

– ... qu'il n'a pas tué tante Opale. Ni la chèvre. Toutes les deux étaient intactes.

Elle soupira puis ajouta :

– Traditionnellement, les loups-garous et les vampires se haïssent. Ils sont rivaux depuis toujours, et les lamies considèrent les loups-garous comme... des êtres inférieurs, si tu veux. Mais, en fait, beaucoup d'entre eux sont gentils. Ils ne chassent que pour se nourrir.

– Oh... Alors ce garçon que je trouvais si sympa est forcé de manger du foie de temps en temps...

– Mary-Lynnette, tu ne peux pas le lui reprocher. Comment t'expliquer ?... Voilà, les loups-garous ne sont pas des êtres qui parfois se transforment en loups. Ce sont des loups qui, parfois, ressemblent à des humains.

– Mais ils tuent quand même.

– Oui, mais seulement des animaux. La loi est très stricte à ce sujet. Sinon, les humains comprennent tout de suite. Avec la morsure d'un vampire, on peut croire à une entaille dans le cou ; alors qu'un animal tué par un loup-garou, ça ne trompe pas.

– D'accord. Génial...

Mary-Lynnette sentait qu'elle devrait peut-être se montrer un peu plus enthousiaste, mais comment faire confiance à quelqu'un qui dissimulait à tous son état de loup ? On pouvait l'admirer comme on admirait un beau prédateur, mais lui faire confiance... non.

– Avant de retourner là-bas, reprit Rowan, on a une petite chose à voir ensemble. S'il comprend que tu as reconnu sa bague, il peut très bien se dire qu'on t'a parlé de... tout ça.

Elle jeta un regard méfiant autour d'elle puis souffla :

– Du Night World.

– Oh, non...

– Si, Mary-Lynnette. Ça veut dire qu'il se croira obligé de nous dénoncer. Ou de nous tuer.

– Ce n'est pas vrai...

– Mais je ne pense pas qu'il ira jusque-là. Il t'aime bien. Il t'aime même beaucoup. Je ne pense pas qu'il ira jusqu'à te dénoncer.

Rougissant de plaisir malgré elle, Mary-Lynnette demanda :

– Mais, ça risque de lui causer des ennuis, à lui aussi ?

– Oui, si quelqu'un découvre la chose. Mais on devrait retourner là-bas pour voir ce qui se passe. Peut-être que Jeremy n'a pas capté que tu savais. Peut-être que Kestrel et Ash ont réussi à le bluffer.

14

Marchant côte à côte, elles se hâtèrent d'aller rejoindre les autres. Mary-Lynnette trouvait du réconfort dans le fait que Rowan lui paraisse si proche, tellement son égale. Jamais elle n'avait eu d'amie aussi fidèle, capable de prendre soin des autres comme elle aimait sans doute qu'on prenne soin d'elle.

Alors qu'elles atteignaient le devant de la station, elles trouvèrent le petit groupe autour de la voiture de Mary-Lynnette. Penché sous le capot, Jeremy, comme promis, jetait un coup d'œil sur le moteur. Mark et Jade se tenaient derrière lui, main dans la main. Tiggy, lui, n'était nulle part, et, appuyée contre une pompe à essence, Kestrel écoutait d'un air absent l'histoire que son frère était en train de raconter au jeune pompiste.

— Alors, le loup-garou entre dans le cabinet du médecin et lui dit : « Doc, je crois que j'ai la rage. » Et le toubib lui répond…

Il ne manque pas de culot, songea Mary-Lynnette, tandis que Rowan lui lançait :

— Ash, ce n'est pas drôle. Jeremy, je suis désolée, il plaisante…

— Non, il ne plaisante pas, mais ce n'est pas grave ; j'en ai vu d'autres.

Il revissa soigneusement le bouchon qu'il tenait à la main puis leva les yeux vers Mary-Lynnette.

Celle-ci ne savait plus que faire. Quelle attitude prendre quand on vient de découvrir que son ami est un loup-garou ? Et qu'il va devoir peut-être un de ces jours vous dévorer ?…

Ses yeux se remplirent de larmes. Elle avait l'impression de perdre tous ses moyens, aujourd'hui.

Jeremy se détourna, secoua légèrement la tête puis laissa tomber sur un ton amer :

— C'est ce que je pensais. Je savais bien que tu réagirais comme ça. Sinon, il y a longtemps que je te l'aurais dit moi-même.

— Tu me l'aurais dit ? fit-elle en ravalant ses larmes. Mais tu te serais alors mis dans une sale situation, non ?

— Oh, tu sais, ici, on n'est pas spécialement fans du Night World, lâcha-t-il d'une voix neutre.

Instinctivement, Ash et ses sœurs regardèrent ailleurs.

— « On » ?

— Ma famille. S'ils se sont installés ici, c'est parce que c'était loin de tout, qu'ils n'embêteraient personne et que personne ne les embêterait. Mais maintenant, ils sont tous partis. Il ne reste que moi.

Il parlait sans s'apitoyer sur lui-même, mais Mary-Lynnette s'avança vers lui et murmura :

– Je suis désolée…

Jade s'approcha à son tour, ses yeux virant lentement au vert argent.

– C'est pour ça qu'on est venues ici, aussi, dit-elle. Pour que personne ne nous embête. Nous non plus, on n'adore pas le Night World.

Jeremy esquissa un de ses fameux sourires… où seuls ses yeux semblaient rire.

– Je sais, dit-il à Jade. Vous êtes des parents de Mme Burdock, c'est ça ?

– C'était notre tante, répondit Kestrel dont le regard d'ambre le fixait sans ciller.

L'expression de Jeremy se modifia de façon imperceptible. Se tournant vers elle, il répéta :

– « C'était » ?

– Oui, confirma Ash. Elle a fait une mauvaise rencontre avec un pieu. C'est drôle comme ces choses peuvent arriver, de temps en temps…

Le visage de Jeremy changea de nouveau. Il parut devoir s'appuyer sur la carrosserie quand il demanda :

– Qui a fait ça ?

Puis son regard revint sur Ash, et Mary-Lynnette crut voir l'éclair d'une dent scintiller entre ses lèvres.

— Attendez... vous ne croyez pas que c'est moi, quand même ?

— Ça nous a traversé l'esprit, pour tout dire, avoua Ash. Et, disons que ça continue de nous interpeller. Peut-être qu'on devrait étudier la question...

— Ash, ça suffit, lui lança Mary-Lynnette.

— Toi, tu dis que tu n'as rien à voir là-dedans, lui lança Mark.

— En fait, enchaîna Rowan, Kestrel pense que ce serait un chasseur de vampires.

Elle parlait d'une voix douce, mais tous se tournèrent vers elle. La rue était encore déserte.

— Il n'y a pas de chasseurs de vampires, ici, répliqua platement Jeremy.

— Alors, il y a un vampire, rétorqua Jade avec humeur. C'est obligé, vu la façon dont tante Opale a été tuée. Et la chèvre, aussi.

— La chèvre ?! s'exclama Jeremy. Non, ne me dites pas que... Ce n'est pas possible.

Claquant le capot du break, il regarda Mary-Lynnette et lui dit sur un ton hâtif :

— Tout est OK Mais tu vas devoir faire une vidange, un de ces jours.

Puis, se tournant vers Rowan, il ajouta :

– Je suis désolé pour votre tante. Mais, s'il y a un vampire, ici, c'est quelqu'un qui se cache. Ou qui cache bien son jeu. Même chose si c'est un chasseur de vampires.

– On y a pensé, lui dit Kestrel.

Mary-Lynnette s'attendait à ce qu'Ash intervienne, mais il regardait vers la rue d'un air absent, les mains dans les poches, apparemment détaché de la conversation, pour l'instant.

– Tu n'as rien constaté de suspect, de ton côté ? demanda Mary-Lynnette à Jeremy. On va jeter un coup d'œil en ville, à tout hasard.

– Si c'était le cas, je te l'aurais dit, bien évidemment. Si je pouvais vous aider, je le ferais volontiers.

– Eh bien, viens avec nous, suggéra Ash en revenant soudain à la vie. Tu pourras sortir la tête par la fenêtre et surveiller les rues pendant qu'on roule.

Là, c'en était trop. Mary-Lynnette s'avança vers lui d'un pas furieux, le saisit par le bras et lança aux autres :

– Vous nous excusez une seconde…

Puis elle l'entraîna vers l'arrière de la station et le secoua en criant :

– Espèce de crétin !

– Oh, écoute…

– La ferme ! éructa-t-elle en lui posant un index sur la gorge.

Aucune importance si ce contact provoqua entre eux un choc électrique. Cela ne fit que lui offrir une nouvelle raison de le tuer. Elle découvrit que la nébuleuse rose qui l'enveloppait alors ressemblait beaucoup à de la colère quand elle s'évertuait à crier au travers.

– Tu te crois vraiment obligé de la ramener en permanence, hein ? Tu te prends pour le centre du monde, avec ta grande gueule ?

– Ooooh…, gémit-il.

– Même si ça veut dire faire du mal aux autres, blesser un peu plus celui qui n'a connu que des galères dans la vie ? Eh bien, pas cette fois !

– Oooh…

– Rowan me dit que vous considérez les loups-garous comme des êtres inférieurs… Eh bien, tu sais comment on appelle ça, chez nous ? On appelle ça des préjugés. Les humains en sont aussi bourrés, et ce n'est pas joli à voir ! C'est la chose la plus hideuse au monde. J'ai honte de me trouver devant toi pendant que tu craches ce genre d'horreurs.

Elle se rendit soudain compte qu'elle pleurait. Et que Mark et Jade les observaient de l'angle de la station.

Ash était aplati contre la fenêtre barricadée, les bras en avant, en signe de reddition. Il semblait être en panne de mots, et honteux. *Parfait*, se dit Mary-Lynnette.

– Tu as besoin de le bousculer comme ça ? lui lança Mark de loin.

Derrière lui, elle apercevait maintenant Rowan et Kestrel. Tous paraissaient plutôt inquiets de la tournure que prenaient les événements.

— Je ne peux pas devenir amie avec quelqu'un de raciste, leur dit-elle à tous.

Histoire de bien étayer ses paroles, elle envoya un coup à Ash.

— On n'est pas racistes ! s'écria Jade. On ne croit pas à ces choses stupides.

— Oui, c'est vrai, renchérit Rowan. Et notre père passe son temps à crier à Ash d'aller voir les gens de l'Extérieur, ceux qui ne sont pas comme nous. De s'inscrire à un club qui accepte les loups-garous, et d'en avoir même comme amis. Les Anciens disent d'ailleurs qu'il est trop libéral à ce sujet.

— Eh bien, il a une drôle de façon de le montrer, dit Mary-Lynnette en se calmant quelque peu.

— Il me semblait te l'avoir dit. Maintenant, on vous laisse.

Et Rowan entraîna les autres vers le devant de la station.

Dès qu'ils eurent le dos tourné, Ash demanda :

— Je peux bouger, maintenant ?

Il avait l'air de très mauvaise humeur.

Mary-Lynnette le relâcha. Elle se sentait subitement fatiguée, et vidée affectivement. Il s'était passé trop de choses, ces derniers jours ; et cela continuait, sans cesser une seconde... Bref, elle en avait assez, voilà tout.

– Si tu repartais bientôt, ce serait plus facile, dit-elle en s'écartant de lui.

Elle sentit sa tête s'affaisser légèrement.

– Mary-Lynnette...

Il y avait quelque chose dans la voix d'Ash qu'elle n'avait jamais entendu avant.

– Écoute, il ne s'agit pas de mon désir de partir ou pas, dit-il. Lundi, il y a quelqu'un du Night World qui arrive. Il s'appelle Quinn. Et s'il ne rentre pas avec moi et mes sœurs, ce sera la panique dans la ville. S'il se rend compte qu'il se passe quelque chose d'anormal ici... Tu ne sais pas de quoi sont capables les gens du Night World.

Mary-Lynnette avait l'impression d'entendre les battements de son cœur tant ils étaient violents. Elle ne se retourna pas pour regarder Ash.

– Ils pourraient carrément balayer Briar Creek. Je ne plaisante pas. Ils ont déjà fait des choses du même genre pour préserver notre secret. C'est la seule protection qu'ils ont contre votre espèce.

– Tes sœurs ne retourneront pas là-bas, lui dit-elle platement.

– Alors, c'est la catastrophe pour la ville entière. Il y a un loup-garou solitaire, trois lamies renégates et un tueur de vampires qui se cache on ne sait où – sans parler de deux humains qui connaissent le secret du Night World. Ça fait de Briar Creek une région paranormale sinistrée.

Suivit un long silence. Mary-Lynnette faisait tout pour ne pas voir les choses du point de vue d'Ash. Enfin, elle demanda :

– Alors, qu'est-ce que tu veux que je fasse ?

– Je ne sais pas... Commander une pizza pour la manger ensemble devant la télé, par exemple ?

Sans sourire, il ajouta :

– Franchement, je n'ai aucune idée de ce qu'on peut faire. Et ce n'est pas faute d'y réfléchir, crois-moi. La seule chose que je croie, c'est que les filles devraient rentrer avec moi... et qu'on va devoir raconter un mensonge d'enfer à Quinn.

Elle essayait de réfléchir, elle aussi, mais son sang battait si fort contre ses tempes qu'elle en était incapable.

– Il y a une autre possibilité, souffla alors Ash.

D'une voix si basse, que c'était à se demander s'il voulait qu'elle l'entende.

– Quoi ? fit-elle, les yeux clos.

– Je sais que toi et les filles vous avez échangé votre sang. C'était illégal, mais ce n'est pas ça, l'important. Si elles ne veulent pas rentrer, c'est en partie à cause de toi.

Elle ouvrit la bouche pour lui dire que, si ses sœurs ne voulaient pas repartir, c'était que leur vie là-bas leur était

devenue insupportable, mais Ash s'empressa de poursuivre :

— Mais peut-être que si tu étais... comme nous, on
pourrait trouver une solution. Je pourrais les reconduire
dans l'île... en espérant pouvoir les ramener ici quelques
mois plus tard. On s'installerait dans un endroit où
personne ne saurait rien de nous, où personne ne soup-
çonnerait que tu n'es pas tout à fait comme nous. Les filles
seraient libres, et tu serais là-bas avec elles ; elles auraient
donc toutes les raisons d'être heureuses. Ton frère pourrait venir aussi.

Mary-Lynnette ouvrit lentement les yeux et dévisagea
le jeune homme. Le soleil peignait ses cheveux de teintes
chaudes. Ses yeux s'étaient assombris, et il semblait plus
élégant que jamais, une main dans la poche et l'air douloureux.

— Ne fais pas la grimace, tu gâches ta belle allure, lui
dit-elle.

— Oh, arrête, tu n'es pas ma mère !

Une réaction qui la surprit. *Bon, d'accord... passons à
autre chose.*

— Tu ne serais pas en train de suggérer que je devrais
être changée en vampire ?

Elle demanda cela avec prudence mais assez d'emphase
pour lui montrer que c'était elle qui était en droit d'être
contrariée.

Il tiqua à cette question, glissa l'autre main dans sa poche et répondit en regardant ailleurs :

— C'est l'idée, oui.

— Pour que tes sœurs puissent être heureuses.

— Pour que tu ne te fasses pas tuer par un garde-chiourme comme Quinn, répliqua-t-il avec rage.

— Mais les créatures de la nuit ne risquent pas tout autant de me tuer, si tu me changes ?

— Seulement si elles te trouvent. Et, si on peut s'échapper d'ici, elles n'en auront pas les moyens. Et puis, en étant vampire, tu aurais plus de chances de les combattre.

— Donc, je suis censée devenir vampire et laisser ici tout ce que j'aime, pour que tes sœurs puissent être heureuses, c'est ça ?

— Oh, laisse tomber, lâcha-t-il en levant au ciel des yeux exaspérés.

— De toute façon, reprit-elle, je n'en avais absolument pas l'intention.

— Très bien, fit-il, le regard toujours fixé sur les toits.

Soudain, Mary-Lynnette eut l'incroyable impression qu'il avait les yeux humides.

Moi aussi, j'ai pleuré je ne sais combien de fois, ces deux derniers jours — moi qui ne pleure que lorsque les étoiles sont tellement belles que ça fait mal. Qu'est-ce qui m'arrive ? Je ne sais même plus qui je suis.

Ash non plus semblait ne pas être dans son état normal.

– Ash…

La mâchoire serrée, il refusa de la regarder.

L'ennui était qu'il n'existait aucune solution raisonnable.

– Je suis désolée, dit-elle doucement en essayant d'ignorer l'étrange sentiment qui s'emparait d'elle. Tout est devenu tellement… bizarre. Je n'ai jamais demandé ça. Et toi non plus, j'imagine. D'abord tes sœurs qui s'enfuient… et moi ensuite. Dis-moi que c'est une blague.

– Oui, c'est une blague, souffla-t-il en baissant enfin les yeux sur elle. Écoute, il faudrait que je te l'avoue… moi non plus, je n'ai pas demandé ça. Et, si quelqu'un m'avait dit, la semaine dernière, que je serais… impliqué… avec une humaine, je lui aurais explosé la tête. Après lui avoir ri au nez, bien sûr. Mais…

Il s'arrêta. Ce « mais » semblait marquer la fin de ses aveux. Bien évidemment, il n'avait pas besoin d'en dire plus. Les bras croisés sur la poitrine, Mary-Lynnette regardait machinalement un tesson de verre, par terre, et résista à l'envie de le pousser du pied.

– J'ai une mauvaise influence sur tes sœurs.

– J'ai dit ça pour te protéger. Pour essayer de te protéger.

– Je suis capable de le faire toute seule.

– J'ai remarqué, fit-il sèchement. Est-ce que ça t'aide ?

– Que tu l'aies remarqué ? Non, parce que tu n'y crois pas vraiment. Tu penseras toujours que je suis plus faible que toi, plus douce... Même si tu ne le dis pas, je sais que tu le penseras.

Ash afficha tout à coup un air rusé, ses yeux devenant aussi verts que l'ellébore.

– Si tu étais un vampire, tu ne serais pas plus faible, lui dit-il. Tu saurais aussi ce que je pense vraiment.

Tendant la main, il demanda :

– Tu veux un exemple ?

– Non, on devrait retourner là-bas. Ils vont finir par croire qu'on s'est entretués.

– Laisse-les croire ce qu'ils veulent.

Mais Mary-Lynnette secoua la tête et s'éloigna.

Elle avait peur. Où qu'elle aille avec Ash, elle risquait de se noyer. Et puis, elle se demandait ce que les autres avaient pu entendre de leur conversation.

Lorsqu'elle déboucha à l'angle de la station, elle avisa Jeremy, debout avec Kestrel devant l'une des pompes. Ils se tenaient très près l'un de l'autre, et, l'espace d'un instant, elle éprouva un pincement de jalousie.

Puis elle se traita de folle. *Comment puis-je être jalouse alors que je m'inquiète moi-même de le rendre jaloux... en même temps que je m'inquiète de savoir ce que je peux faire avec mon âme sœur ? C'est très bien, si lui et Kestrel s'apprécient.*

– Je m'en fiche, je ne peux plus attendre, disait Jade à sa sœur aînée, sur le trottoir. Il faut que je le retrouve.

– Elle pense que Tiggy est rentré à la maison, expliqua Rowan à Mary-Lynnette en la voyant arriver.

Ash s'approcha alors de ses deux sœurs, et Kestrel les rejoignit. L'instant d'après, Mary-Lynnette se retrouva seule face à Jeremy.

Une fois encore, elle oublia les convenances. Elle le regarda… et cessa de se sentir gauche. Lui la contemplait de son regard clair et droit.

Mais, soudain, les yeux tournés vers la rue, il lâcha :

– Mary-Lynnette, fais attention.

– Quoi ?…

– Fais attention.

Il parlait sur le même ton que lorsqu'il l'avait prévenue de se méfier de Todd et de Vic. Elle suivit alors son regard… qui était fixé sur Ash.

– C'est bon, lui dit-elle.

Comment expliquer cela ? Ses sœurs elles-mêmes n'avaient pas cru qu'Ash ne lui ferait aucun mal.

L'air sombre, Jeremy lui déclara :

– Je connais ce genre de type. Parfois, ils entraînent des humaines dans leur club… il vaut mieux ne pas savoir pourquoi. Alors, fais attention à toi, d'accord ?

Mary-Lynnette était sous le choc. Rowan et les filles lui avaient dit la même chose, mais, venant de Jeremy, cela lui frappa davantage l'esprit. Ash avait indubitablement fait dans sa vie des choses qui... qui lui donneraient envie de le tuer, si elle savait. Des choses qu'on ne pouvait pas oublier.

– Je serai prudente, lui promit-elle.

Les poings inconsciemment serrés, elle ajouta :

– Je saurai le maîtriser.

Mais Jeremy ne quittait pas son air préoccupé. Le regard noir, la mâchoire crispée, il posa de nouveau les yeux sur Ash. Derrière son calme apparent, Mary-Lynnette devinait une incroyable puissance sous contrôle. Une colère froide. Le désir de la protéger, aussi. Et la haine qu'il éprouvait pour Ash.

Déjà, les autres revenaient vers eux.

– Ça ira, ne t'en fais pas, lui souffla-t-elle à la hâte.

– Je continue à chercher du côté de la ville, articula-t-il à voix haute. Je te dirai si j'ai quelque chose.

– Merci, Jeremy.

Elle s'efforça de le rassurer du regard tandis qu'elle remontait avec les autres dans la voiture.

Comme elle démarrait et s'éloignait de la station, il ne lui fit pas un seul signe de la main.

– Bon, dit alors Mark, on rentre. Et après, quoi ?

Personne ne répondit. Mary-Lynnette n'avait pas la moindre idée de ce qu'ils devaient faire, maintenant.

– On devrait peut-être vérifier si on a d'autres suspects, suggéra-t-elle néanmoins au bout d'un instant.

– On a quelque chose à faire avant ça, répondit Rowan. Nous, vampires, je veux dire.

Mary-Lynnette comprit aussitôt de quoi il s'agissait, mais Mark, lui, demanda :

– Quoi ?

– On doit se nourrir, lâcha Kestrel avec un sourire ravi.

Ils retournèrent à la ferme, pour n'y trouver aucune trace du chat. Les quatre vampires se dirigèrent vers les bois, Jade fermant la marche en criant toutes les cinq secondes le nom de Tiggy.

Pendant ce temps, Mary-Lynnette, entrée dans la maison avec Mark, se dirigea vers le bureau à cylindre de Mme Burdock et en sortit du papier à lettres à en-tête gravé, un peu moisi sur les bords, ainsi qu'un stylo d'argent orné d'un élégant motif victorien.

– Maintenant, dit-elle en s'asseyant à la table de la cuisine, on va dresser une liste de suspects.

– Il n'y a rien à manger, dans cette maison, déclara Mark pour toute réponse en ouvrant les placards les uns après les autres. Que des choses comme du café instantané ou une espèce de jus de fruits vert. Ce que personne ne prend, en général…

– Qu'est-ce que tu veux que je te dise ? Ta petite amie n'est pas humaine. Allez, assieds-toi là et concentre-toi. Qu'est-ce qu'on a, alors ?

Il soupira, prit place à côté d'elle et dit :

– On aurait dû aller voir ce qui s'est passé avec ce cheval.

Son stylo à la main, Mary-Lynnette s'arrêta d'écrire.

– Tu as raison, il doit y avoir un lien avec Mme Burdock et sa chèvre. Ce pauvre cheval... j'avais oublié.

Ce qui prouvait bien que les rêvasseries étaient incompatibles avec un bon travail d'enquête.

– Bon, enchaîna-t-elle, supposons que celui qui a tué cet animal soit aussi celui qui a tué tante Opale et la chèvre ; et peut-être aussi celui qui a brisé la fenêtre de la station-service. Les deux sont arrivés la nuit dernière... Ça nous mène où ?

– Je pense que c'étaient Todd et Vic.

– Tu ne m'aides pas beaucoup, là.

– Je suis sérieux, Mary. Tu sais que Todd est toujours en train de mâchonner ce cure-dent ; il y en avait plusieurs plantés dans le corps de la chèvre.

Des cure-dents... Cela lui rappelait quelque chose, mais impossible de savoir quoi. Pourquoi ne parvenait-elle pas à se souvenir ?

Mary-Lynnette se frotta le front puis laissa tomber.

– D'accord… j'écris Todd et Vic, chasseurs de vampires, avec un point d'interrogation. À moins que tu ne penses qu'ils sont eux-mêmes des vampires.

– Non. Je crois que Jade l'aurait remarqué quand elle a bu leur sang. Mais, de nous deux, c'est toi l'intelligente. À ton avis, qui a pu faire ça ?

– Aucune idée.

Mark fit une grimace déçue, et elle griffonna l'esquisse d'un pieu sur le papier à lettres. Un dessin qui représenta bientôt un petit crayon, tenu par des doigts féminins. Jamais elle n'avait su dessiner des mains…

– Oh, bon sang… Bunny !

– Bunny aurait fait ça ? !

– Oui… je veux dire, non… enfin, je ne sais pas… Mais ces bouts de bois – les plus longs – fichés dans le corps de cette pauvre biquette, je l'ai déjà vue en utiliser. Pour ses ongles ; ce sont des bâtons à lunules.

– Bon…, fit-il, vaguement déçu. Mais… Bunny, franchement… Elle ne ferait pas de mal à une mouche.

– Écoute, Rowan prétend qu'elle porte un nom de lamie. Quant à Bunny, elle m'a dit quelque chose de bizarre, aussi, le jour où je suis venue lui demander des nouvelles de Todd et de Vic.

Tout lui revenait, à présent ; un torrent de souvenirs dont elle ne voulait pas forcément.

– Elle m'a dit « Bonne chasse ».

– Mary, c'est dans *Le Livre de la jungle*.

– Je sais. Mais c'était quand même bizarre de dire ça. Et puis, je la trouve trop douce et apeurée, tu comprends. Et si tout ça, c'était de la comédie ?

Comme Mark ne répondait pas, elle ajouta :

– Ça te paraît tellement impossible que Vic et Todd soient des chasseurs de vampires ?

– Bon, alors inscris-la aussi.

Ce que fit Mary-Lynnette, avant de déclarer :

– Tu sais, il y a vraiment quelque chose que je voudrais demander à Rowan : comment ont-elles réussi à écrire à Mme Burdock, de leur île, là-bas ?

Elle se figea lorsque la porte de derrière claqua soudain.

– Je suis la première ?

C'était Rowan qui rentrait, visage rosi et cheveux en bataille, légèrement essoufflée.

– Où sont les autres ?

– On s'est séparés assez vite. C'était la seule façon de se trouver chacun quelque chose, à quatre dans un espace si restreint.

– Si restreint ! s'étonna Mark. Si Briar Creek peut avoir quelque chose de bien, c'est justement l'espace.

– Pour un terrain de chasse, c'est petit, insista-t-elle en souriant. Mais ne te vexe pas, c'est très bien quand même. Dans l'île, on n'avait pas du tout l'occasion de chasser. On se laissait apporter nos repas, tranquillisés et complètement passifs.

– Bon, fit Mary-Lynnette, si on revenait à notre liste. Tu aurais quelqu'un à proposer ?

Rowan s'assit sur une chaise de la cuisine, repoussa une mèche brune de son front et répondit :

– Je ne sais pas. Je me demande si ce n'est pas quelqu'un à qui on n'a encore pas pensé.

Mary-Lynnette se rappela alors de quoi elle parlait quand la porte avait claqué.

– Rowan, il y a une question que je voudrais te poser depuis longtemps. Tu as dit que seul Ash pouvait avoir deviné où vous alliez, quand vous vous êtes enfuies. Mais, et l'homme qui t'a aidée à faire partir de l'île les lettres que tu envoyais à l'extérieur ? Il devait savoir où vivait ta tante, non ? Il a pu voir son adresse sur les enveloppes ?

– C'est Crane Linden, articula Rowan avec un petit sourire triste. Non, il ne peut pas savoir. Il...

Elle s'effleura la tempe puis ajouta :

– Je ne sais pas comment tu appelles ça. Son esprit ne s'est jamais complètement développé. Il ne sait pas lire. Mais il est très gentil.

Il y avait donc des vampires illettrés ? Et pourquoi pas ?

– Ah, bon, lâcha Mary-Lynnette, déçue. Ça fait encore une personne qu'on peut éliminer.

– Écoutez, intervint Mark, est-ce qu'on peut essayer d'extrapoler un peu ? Ça va vous paraître dingue, mais... si l'oncle de Jeremy n'était pas vraiment mort ? Et si...

À cet instant, un craquement brutal se fit entendre sous le porche, devant la maison.

Non, plusieurs battements secs puis un craquement, se dit Mary-Lynnette.

Alors, elle pensa : *Mon Dieu, Tiggy !*

15

Tiggy…

Elle courut, ouvrit la porte à toute volée, l'esprit submergé par d'effroyables images de chatons empalés.

Ce n'était pas Tiggy sous le porche. C'était Ash. Il gisait, allongé par terre, dans la lumière rosée du crépuscule, quelques papillons de nuit voletant autour de lui.

Un violent spasme secoua Mary-Lynnette. L'espace d'un instant, tout ce qui l'entourait parut être en suspens.

Si Ash était mort… si on l'avait tué…

Plus rien ne tournerait rond. Sa vie entière serait bouleversée. Ce serait comme une nuit qui aurait perdu ses astres. Et personne ne pourrait rien y faire. Elle ignorait pourquoi – c'était tellement incompréhensible –, mais elle sut tout à coup que c'était vrai.

Elle ne pouvait pas respirer, et ses bras, ses jambes lui faisaient une impression étrange. Comme s'ils flottaient… hors de son corps.

Puis Ash remua. Il souleva sa tête, poussa avec ses bras et regarda autour de lui.

Mary-Lynnette retrouva une respiration normale, mais elle se sentait encore étourdie.

– Tu es blessé ? lui demanda-t-elle, l'air bête.

Elle n'osait pas le toucher. Dans l'état où elle était, un choc électrique pouvait griller à tout jamais ses circuits. Elle fondrait comme la Méchante Sorcière de l'Ouest.

– Je suis tombé dans ce stupide trou, qu'est-ce que tu crois ?...

C'est vrai, pensa-t-elle. Les bruits de pas avaient soudain cessé dans un craquement plus que dans un bruit sourd.

Et cela signifiait quelque chose... si seulement elle pouvait aller jusqu'au bout de sa pensée...

– Tu as un problème, Ash ? résonna la voix inhabituellement douce de Kestrel.

Et celle-ci émergea de l'ombre, tel un ange au visage parfaitement lisse. Jade la suivait, tenant Tiggy dans les bras.

– Il était dans un arbre, expliqua la jeune fille en embrassant la tête de l'animal. J'ai réussi à le faire descendre en lui parlant.

Ses yeux étaient comme deux émeraudes sous la lumière du porche, et elle semblait flotter plutôt que marcher.

Enfin parvenu à se redresser, Ash tapota ses vêtements. Comme ses sœurs, il paraissait étrangement beau après s'être nourri, et ses yeux brillaient d'une lueur insolite. Quant à Mary-Lynnette, elle avait perdu depuis longtemps le fil de ses pensées.

– Entre, lui dit-elle d'un air résigné. Tu vas nous aider à trouver qui a tué ta tante.

Maintenant qu'Ash était sûr d'aller bien, elle voulait oublier tout ce qu'elle avait ressenti une minute plus tôt. Ou, du moins, ne pas penser à ce que cela voulait dire.

Ça veut dire, insista une petite voix en elle, *que tu es dans un sale pétrin, ma fille. Ha, ha.*

– Alors, demanda Kestrel tandis qu'ils s'installaient tous autour de la table, c'est quoi, l'histoire ?

– L'histoire, c'est justement qu'il n'y a pas d'histoire, répondit Mary-Lynnette en considérant sa liste avec frustration. Et si on reprenait tout au début ? On ne sait pas qui a fait ça, mais on sait des choses sur eux. D'accord ?

– D'accord, acquiesça Rowan sur un ton encourageant.

– Premièrement, la chèvre. Ceux qui l'ont tuée devaient avoir de la force, parce que ça n'a pas dû être facile de planter ces cure-dents dans du cuir. Et ils devaient savoir comment votre oncle Hodge a été assassiné, parce que la pauvre bête a été traitée de la même façon. Et ils avaient une raison de placer un iris noir dans sa gueule – soit parce qu'ils savaient qu'Ash était membre du Club de l'Iris Noir, soit parce qu'ils appartenaient eux-mêmes à ce club.

– Ou parce qu'ils pensaient qu'un iris noir représentait toutes les lamies, ou toutes les créatures de la nuit, enchaîna Ash.

Penché en avant pour se masser la cheville, il parlait d'une voix étouffée.

– C'est l'erreur classique que commettent ceux de l'Extérieur, ajouta-t-il.

Très bien, tout ça, se dit Mary-Lynnette.

– D'accord, fit-elle alors. Et ils avaient accès à deux genres de bâtons différents – ce qui ne nous avance pas, car on trouve les deux sortes en ville.

– Et ils devaient avoir une raison de haïr Mme Burdock, ou de haïr les vampires, déclara Mark. Sinon, pourquoi la tuer ?

– Je n'en suis pas encore arrivée à Mme Burdock, reprit Mary-Lynnette sur un ton patient. Mais on peut continuer par elle, en effet. D'abord, celui qui l'a tuée savait manifestement que c'était un vampire, parce qu'il lui a enfoncé un pieu dans le cœur. Et, ensuite… euh… ensuite…

Elle s'arrêta. Elle ne voyait pas quel « ensuite » il y avait.

– Ensuite, enchaîna Ash d'une voix étonnamment calme, on l'a sans doute attaquée sous le coup d'une impulsion. Tu dis qu'elle a été poignardée avec un des piquets de la clôture ; si son assassin avait prévu de la tuer, il serait venu avec son propre pieu.

– Excellente analyse, commenta Mary-Lynnette, très satisfaite.

Elle croisa le regard d'Ash et y découvrit quelque chose qui la surprit. Comme si le fait qu'elle puisse le trouver intelligent lui importait, tout à coup.

Eh bien, songea-t-elle, *nous voilà tout simplement en train de parler ; sans se disputer, sans montrer le moindre sarcasme ; juste en train de parler… Ce n'est pas désagréable.*

C'était même étrangement agréable. Et, plus surprenant encore, elle savait qu'Ash pensait la même chose. Ils se comprenaient. Par-dessus la table, il lui fit un imperceptible signe de tête.

Ils poursuivirent tranquillement leur discussion, au cours de laquelle Mary-Lynnette perdit quelque peu la notion du temps. Lorsqu'elle finit par regarder l'heure, elle fut presque choquée de constater qu'il était près de minuit.

– Est-ce qu'on doit continuer encore longtemps à réfléchir ? demanda soudain Mark, à moitié couché sur la table. Je suis épuisé…

Près de lui, Jade ne semblait pas en meilleur état.

Je sais ce que tu ressens, pensa Mary-Lynnette. *J'ai moi-même le cerveau au point mort. Et je me sens… complètement idiote.*

– À mon avis, murmura Kestrel, les paupières lourdes, ce n'est pas ce soir qu'on va résoudre ce meurtre.

Elle avait raison. Le problème était que Mary-Lynnette n'éprouvait pas du tout le besoin d'aller au lit. Elle n'avait pas envie de s'allonger et se détendre – elle était trop agitée intérieurement pour cela.

Je voudrais... je voudrais... qu'est-ce que je voudrais ?

– S'il n'y avait pas ce tueur de chèvre psychopathe planqué dans les parages, je sortirais observer les étoiles, déclara-t-elle.

– Je viens avec toi, si tu veux, repartit Ash, de l'air le plus naturel du monde.

Kestrel et Jade jetèrent à leur frère un regard totalement incrédule. Rowan, elle, inclina la tête sans chercher à cacher son sourire.

– Comment ?... s'étrangla Mary-Lynnette.

– Écoute, lui dit Ash, je ne pense pas que notre tueur de chèvre reste en permanence à attendre que quelqu'un sorte pour se jeter sur lui et l'embrocher. Et, s'il se passe quoi que ce soit, je saurai gérer la chose.

Il s'interrompit, l'air embarrassé, puis précisa :

– Je veux dire... on saura gérer la chose... parce qu'on sera deux.

On essaie de se rattraper aux branches ? songea Mary-Lynnette, amusée. Pourtant, il y avait quelque chose de vrai dans ce qu'il disait. Il était puissant et rapide, et elle avait le sentiment qu'il n'était pas dépourvu d'instincts guerriers.

Même si elle ne l'avait jamais vu en pleine action, comprit-elle subitement. Combien de fois lui avait-elle déclenché des éclairs dans les yeux, lui avait-elle flanqué des coups dans les tibias ou au menton ? Et jamais il n'avait tenté de répliquer. Elle en arrivait à croire que ça ne lui était même pas venu à l'esprit.

— D'accord, finit-elle par lâcher.

— Attends, intervint Mark. Tu ne vas...

— Ne t'inquiète pas, coupa-t-elle. On n'ira pas loin.

Mary-Lynnette prit le volant. Sans savoir quelle direction elle prenait exactement, elle savait que ce n'était pas celle de sa colline. Elle avait trop de souvenirs bizarres, là-bas. Malgré ce qu'elle avait pu dire à Mark, elle se surprit à filer de plus en plus loin. Vers l'endroit où les rivières de Hazel Green Creek et de Beavercreek se rejoignaient presque, là où la terre entre les deux eaux était le parfait reflet d'une forêt tropicale.

— C'est vraiment là, le meilleur endroit pour observer les étoiles ? demanda Ash, peu convaincu, alors qu'ils descendaient de voiture.

— Si tu regardes droit au-dessus, oui, répondit-elle.

Debout face à l'est, elle courba la tête en arrière.

— Tu vois l'étoile la plus brillante, là ? C'est Vega, l'étoile reine de l'été.

– Oui. Cet été, elle est chaque nuit de plus en plus haut dans le ciel.

Mary-Lynnette lui jeta un regard étonné.

Haussant les épaules, il expliqua :

– Tu sais, à force d'être si souvent dehors, le soir, tu finis par reconnaître les étoiles. Même si tu ne sais pas leurs noms…

Se tournant de nouveau vers Vega, elle demanda :

– Est-ce que tu vois… tu distingues, plutôt, quelque chose de petit et brillant au-dessous de l'étoile – comme une sorte d'anneau ?

– Ce qui ressemble à un beignet un peu flou ?

Mary-Lynnette sourit, mais du bout des lèvres.

– Oui, exactement. C'est la nébuleuse de la Lyre. Moi, je ne la vois qu'avec mon télescope.

Sentant son regard sur sa nuque, elle l'entendit prendre son inspiration pour dire quelque chose… avant de se raviser.

C'était l'instant parfait pour expliquer comment les vampires voyaient mieux que les humains. Et, s'il l'avait fait, Mary-Lynnette se serait retournée vers lui et l'aurait repoussé avec une colère justifiée.

Mais, comme il s'abstint finalement de dire quoi que ce soit, elle sentit une autre forme de colère monter en elle. De la contrariété, plus exactement. *Tu as donc décidé que je n'étais pas assez bonne pour être un vampire, c'est ça ?*

Et pourquoi t'aurais-je amené ici, à l'endroit le plus reculé possible ? Seulement pour observer les étoiles ? Là, tu te trompes.

Je ne sais d'ailleurs même plus qui je suis, se rappela-t-elle avec une sorte de mélancolie fataliste.

– Tu ne finis pas par attraper des crampes dans le cou ? interrogea Ash tout à trac.

Elle roula la tête d'avant en arrière et de gauche à droite afin de se détendre les muscles.

– Peut-être…

– Je peux te masser un peu la nuque, si tu veux, proposa-t-il alors qu'il se tenait encore à quelques mètres d'elle.

Pour toute réponse, Mary-Lynnette lui jeta un regard méfiant.

La lune, qui décroissait, montait à l'est au-dessus des cèdres, quand elle lui demanda :

– Tu veux marcher un peu ?

– Euh… oui.

Pendant qu'ils se promenaient, Mary-Lynnette ne cessa de gamberger. Quel effet cela ferait-il de voir la nébuleuse de la Lyre à l'œil nu, ou la nébuleuse du Voile sans filtre ? Le désir de les contempler était si fort qu'elle avait l'impression de sentir comme un filin la tirer vers le haut.

Bien sûr, ce sentiment ne lui était pas nouveau. Elle l'avait éprouvé des centaines de fois… ce qui se terminait le plus souvent par l'achat d'un nouveau livre sur l'astronomie, d'une nouvelle lentille pour son télescope. Tout ce qui était susceptible de la rapprocher de ce qu'elle désirait le plus au monde.

Mais, ce soir, elle avait d'autres tentations. Plus grandes et terrifiantes qu'elle n'aurait osé l'imaginer.

Et si je pouvais être... davantage que ce que je suis en ce moment ? La même personne mais avec des sens plus affûtés. Une Mary-Lynnette qui ferait partie intégrante de la nuit...

Elle avait déjà découvert qu'elle n'était pas exactement celle qu'elle croyait être. Plus violente, par exemple – n'avait-elle pas, à plusieurs reprises, flanqué des coups de pied à Ash ? Et puis elle admirait l'ardeur pure et féroce de Kestrel. Elle avait saisi la logique du concept « tue ou fais-toi tuer ». Elle avait rêvé à la joie de chasser.

Que lui fallait-il d'autre pour être une créature de la nuit ?

– Il y a quelque chose que j'aimerais te dire, déclara Ash.

– Oui ?...

Dois-je l'encourager ou pas ?

Mais il se contenta de dire d'une voix neutre :

– On peut cesser de se bagarrer, tous les deux.

Elle resta pensive un instant puis lâcha :

— Je ne sais pas.

Ils poursuivirent leur promenade. Les cèdres autour d'eux les dominaient comme les tours géantes d'un temple en ruine. Un temple obscur, au sein duquel le silence était si profond que Mary-Lynnette avait l'impression de marcher sur la Lune.

Elle se baissa et cueillit une fleur sauvage qui poussait dans la mousse. Un zigadène vénéneux. Ash, lui, ramassa une branche d'if cassée gisant au pied d'un arbre tordu. Ils ne se regardèrent pas mais continuèrent à marcher, en laissant très peu d'espace entre eux.

— Tu sais, on m'a dit que ça arriverait, déclara Ash, comme pour parler de tout autre chose.

— Que tu déboulerais dans un bled paumé pour te lancer à la poursuite d'un tueur de chèvre ?

— Qu'un jour je m'attacherais à quelqu'un… et que j'en souffrirais.

Mary-Lynnette ne chercha ni à ralentir ni à accélérer le pas. Seul son cœur se mit à battre plus vite, mû par un mélange de désarroi et d'euphorie.

Ce qui devait arriver était-il donc en train d'arriver ?

— Tu ne ressembles à aucune des filles que j'ai connues, souffla Ash.

— J'éprouve le même sentiment, figure-toi.

Arrachant des morceaux d'écorce à la branche qu'il gardait dans la main, il ajouta :

– Et, tu vois, c'est difficile, car ce que j'ai toujours pensé des humains – ce qu'on m'a appris à penser...

– Je sais ce que tu as toujours pensé, Ash.

De la vermine.

– Mais, tu vois..., continua-t-il en s'obstinant, le truc, c'est que – et je sais que ça va te paraître bizarre – je crois que je t'aime... d'une façon désespérée.

Il arracha encore un lambeau d'écorce.

Mary-Lynnette ne le regarda pas. Elle était incapable de parler.

– J'ai tout fait pour me débarrasser de ce sentiment, mais je n'ai pas pu le chasser. J'ai d'abord pensé quitter Briar Creek et oublier tout ça, mais je sais aujourd'hui que c'était insensé. Où que j'aille, ça me poursuit. Impossible de le faire disparaître. Alors, il faut que je trouve autre chose.

– Désolée, répliqua Mary-Lynnette d'une voix glaciale, mais c'est vraiment peu flatteur de s'entendre dire qu'on vous aime contre sa volonté, contre toute raison, et même...

– Contre sa nature, acheva-t-il sombrement. Oui, je sais.

Cette fois, elle s'arrêta et plongea son regard dans le sien.

– Tu n'as pas lu *Orgueil et préjugés* ?

– Pourquoi ?

– Parce que Jane Austen était humaine.

– Comment le sais-tu ?

Là, il marquait un point. Un point qui faisait peur. Comment pouvait-elle savoir qui, dans l'histoire de l'humanité, était humain ou pas ? Galilée ? Newton ? Tycho Brahe ?

– Eh bien, c'était une femme, répondit-elle en se retirant sur un terrain plus sûr. Et toi, tu n'es qu'un chauvin.

– Ça, je ne peux pas le nier.

Elle reprit sa marche, et Ash lui emboîta le pas.

– Alors, maintenant, est-ce que je peux te dire avec… quelle ardeur je t'aime et je t'admire ?

Une autre citation.

– Tes sœurs ne disaient pas que tu faisais tout le temps la fête ?

– C'est vrai. Mais, le matin après ça, tu es obligé de rester au lit. Et, autant lire, à ce moment-là.

Comme Mary-Lynnette ne répliquait rien, il continua :

– Après tout, on est âmes sœurs, non ? Je ne peux pas être totalement stupide, sinon je me tromperais complètement à ton sujet.

Mary-Lynnette resta songeuse. Ash se montrait presque humble. Ce que personne n'avait jamais preçu chez lui auparavant.

– Ash… je ne sais pas. On n'est pas faits l'un pour l'autre. On est tout simplement incompatibles.

– Eh bien…, fit-il en frappant un tronc d'arbre avec sa branche d'if.

Il parlait comme s'il s'attendait à être ignoré.

– … tu sais quoi ? Je crois que je peux arriver à te faire changer d'avis.

– Me faire changer d'avis ? À quel sujet ?

– Au sujet de notre incompatibilité. Je crois qu'on pourrait être assez compatibles si…

Il hésita.

– Si ?…

– Si tu pouvais te résoudre à m'embrasser.

– T'embrasser ?

– Oui, je sais que ça peut te paraître assez radical. J'étais sûr que tu ne marcherais pas.

Il frappa un autre arbre puis ajouta :

– Bien sûr, les humains font ça depuis des milliers d'années.

– Tu embrasserais un gorille de cent quarante kilos ?

– Oh, merci.

– Attends, je n'ai pas dit que tu ressemblais à un gorille.

– Alors, laisse-moi deviner… J'ai la même odeur ?

Mary-Lynnette réprima difficilement un sourire.

– Tu es tellement plus fort que moi. Tu embrasserais une femelle gorille capable de t'écraser d'une seule pression ? Alors que tu ne pourrais rien contre elle ?

– Tu n'es quand même pas dans cette situation.

– Non ? J'ai l'impression en t'écoutant que je devrais devenir un vampire juste pour traiter avec toi sur le même niveau.

– Tiens, fit-il en lui offrant la branche d'if.

– Tu me donnes ton bâton…

– Ce n'est pas un bâton, c'est le moyen que je t'offre de traiter avec moi sur un pied d'égalité.

Il plaça l'extrémité de la branche à la base de son cou, et Mary-Lynnette s'aperçut qu'elle était très pointue. Elle en saisit l'autre bout et trouva le bois étonnamment dur et lourd.

Ash la fixait, à présent. Il faisait trop sombre pour distinguer la couleur de ses yeux, mais son expression paraissait incroyablement sereine.

– Une bonne pression, et ça devrait le faire, lui dit-il. D'abord ici, et ensuite dans le cœur. Comme ça, tu élimineras le problème que je représente dans ta vie.

Mary-Lynnette poussa, mais doucement. Ash fit un pas en arrière. Elle recommença, jusqu'à le faire reculer contre un arbre, tenant le bâton comme une lame d'épée plaquée sur sa gorge.

– Mais ça, c'est seulement si tu le penses vraiment, hasarda-t-il alors qu'il sentait le tronc nu derrière lui.

Cependant, il ne tenta aucun mouvement pour se défendre.

– En fait, tu n'as même pas besoin d'une pointe comme ça. Un crayon bien placé, ça marcherait aussi.

Mary-Lynnette plissa les yeux et fit glisser le bout de bois le long de son corps, comme un escrimeur évaluant son rayon d'action.

Puis elle l'écarta de lui et le laissa tomber à terre.

– Tu as vraiment changé, observa-t-elle.

– J'ai tellement changé, ces derniers jours, que je ne me reconnais même plus dans la glace.

– Et tu n'as pas tué ta tante ?

– C'est maintenant que tu t'en rends compte ?

– Non, mais je me le suis longtemps demandé. D'accord, je vais t'embrasser.

Ce fut un peu gauche, se placer l'un en face de l'autre… Mary-Lynnette n'avait jamais embrassé de garçon, auparavant. Mais, dès qu'elle eut commencé, elle trouva cela fort simple.

Et, à présent, elle comprenait la raison de l'étrange courant électrique qui unissait deux âmes sœurs. Elle retrouvait toutes les sensations qu'elle avait éprouvées en lui touchant la main… mais en plus fort. Des sensations loin d'être désagréables… si on ne les redoutait pas.

Après ce baiser, Ash s'écarta et murmura d'une voix tremblante :

– Là… tu vois ?

Elle dut reprendre plusieurs fois sa respiration avant de répondre :

– Ce... ça doit être à peu près ce qu'on ressent quand on tombe dans un trou noir.

– Oh, désolé.

– Non, non, c'était... intéressant.

Singulier, insolite. Différent de tout ce qu'elle avait pu ressentir auparavant. Et elle avait le sentiment qu'elle aussi serait différente, dorénavant ; qu'elle ne serait jamais plus la même personne.

Alors, qui suis-je, maintenant ? Quelqu'un de féroce, j'imagine. Qui apprécierait de courir dans la nuit, sous les étoiles aussi brillantes que des minisoleils, et qui chasserait peut-être le daim. Quelqu'un qui saurait rire de la mort comme le faisaient les trois sœurs.

Elle découvrirait une supernova et elle feulerait lorsqu'elle se sentirait menacée. Elle serait belle, effrayante, dangereuse. Et, bien sûr, elle embrasserait beaucoup Ash.

Vaguement étourdie, Mary-Lynnette se sentait baigner dans une folle euphorie.

J'ai toujours aimé la nuit, et voilà que je lui appartiens enfin.

– Mary-Lynnette ? articula Ash d'une voix hésitante. Tu as aimé ?

Elle cligna des yeux et attendit de retrouver une vision normale avant de souffler :

– Je voudrais que tu fasses de moi un vampire.

Cela n'eut rien à voir avec une piqûre de méduse, cette fois. Ce fut rapide, presque plaisant – rien d'autre qu'une simple pression. Les lèvres d'Ash se posèrent sur son cou, et ce fut franchement délicieux. Une douce chaleur irradiait de la bouche du jeune homme, et elle se retrouva en train de lui caresser la nuque, tout en découvrant que ses cheveux étaient souples et doux comme la fourrure d'un chat.

Et son esprit… avait toutes les couleurs du spectre. Il allait du rouge à l'or, du jade à l'émeraude, du bleu au violet profond. Une forêt d'épines où s'entremêlaient des couleurs chatoyantes et changeantes.

Mary-Lynnette était éblouie.

Et légèrement apeurée. Il y a avait du noir parmi ces couleurs fantastiques. Des choses qu'Ash avait faites dans le passé… et dont elle devinait qu'il avait honte aujourd'hui. Mais la honte ne défaisait pas les actes.

Je sais que ça ne change rien, mais, un jour, je paierai pour tes mauvaises actions. Je trouverai un moyen, tu verras…

C'était donc de la télépathie. Elle pouvait sentir Ash, si elle prononçait les mots ; sentir qu'il était sincère, totalement, désespérément sincère ; sentir aussi qu'il avait beaucoup à se faire pardonner.

Je m'en moque. Je serai une créature de la nuit, aussi. Je ferai ce qui est dans ma nature, sans remords.

Lorsque Ash fit mine de relever la tête, elle s'agrippa à lui afin de le garder contre elle.

– S'il te plaît, ne me tente pas, dit-il d'une voix rauque, son souffle tiède tout contre le cou de la jeune fille. Si j'en prends trop, ça risque de sérieusement t'affaiblir. Je ne plaisante pas, ma douce.

Elle relâcha donc son étreinte. Il ramassa la branche d'if et se fit un petit trou au niveau de la gorge, inclinant la tête en arrière comme un garçon en train de se raser le menton.

– Oooh…

Mary-Lynnette comprit qu'il n'avait encore jamais fait cela. Au bord de l'extase, elle s'approcha et vint poser ses lèvres à la base de son cou.

Je bois du sang. Me voilà chasseresse. Je bois du sang, et j'aime ça. Peut-être parce que ça n'a pas le goût du sang. Ni du cuivre ni de la peur. Ça a un goût étrange, magique, aussi ancien que les étoiles.

Lorsque Ash se détacha d'elle une nouvelle fois, elle vacilla.

– Il vaudrait mieux rentrer, maintenant, murmura-t-il.

– Pourquoi ? Je me sens bien…

– Tu vas te sentir plus étourdie encore, et plus faible aussi. Et, si on veut finir de faire de toi un vampire…

– Si ?…

– D'accord… quand on finira de faire de toi un vampire. Mais, avant ça, il faut qu'on parle. Je dois tout t'expliquer ; on doit voir les détails ensemble. Et tu dois te reposer.

Mary-Lynnette savait qu'il avait raison. Elle voulait rester là, seule avec Ash dans la sombre cathédrale que formait la forêt, mais elle se sentait en effet très faible. Languide. Apparemment, devenir une créature de la nuit demandait un gros travail.

Ils reprirent le chemin par lequel ils étaient venus. Peu à peu, la jeune fille percevait le changement en elle – plus manifeste que lorsqu'elle avait échangé son sang avec les trois filles. Elle se sentait à la fois faible et hypersensible. Comme si chaque pore de sa peau était grand ouvert.

Le clair de lune paraissait plus brillant. Elle voyait nettement les couleurs – le vert pâle des branches de saule plongeant vers le sol, le pourpre frissonnant des becs-de-perroquet sauvages émergeant de la mousse.

Et la forêt n'était plus silencieuse, à présent. Elle distinguait des bruits mystérieux tels que le doux bruissement des aiguilles de pin dans le vent, et aussi le son de ses propres pas sur les brindilles humides.

Je perçois mieux les senteurs, aussi, se dit-elle. *Cet endroit sent le cèdre, l'encens, les plantes décomposées, et quelque chose de réellement sauvage, une odeur de fauve. Et de chaud... de brûlé.*

Une odeur de mécanique. Qui lui agressa les narines. Elle s'arrêta et regarda Ash d'un air inquiet.

– Qu'est-ce que c'est ?

Il se figea aussi.

– Ça sent un peu comme le caoutchouc, et l'huile… dit-il.

– Oh, non, la voiture ! s'exclama-t-elle.

Ils échangèrent un regard consterné puis se mirent à courir.

C'était bien la voiture. Une fumée blanche s'échappait de sous le capot. Mary-Lynnette voulut s'approcher pour voir ce qu'il en était, mais Ash la retint et l'attira vers le côté de la route.

– Je veux soulever le capot…

– Non, regarde. Là.

Elle crut alors s'étrangler. De minces langues de feu perçaient sous la fumée, émergeant du moteur.

– Claudine me disait bien que ça devait arriver, se lamenta-t-elle tandis qu'Ash l'entraînait plus loin encore. Mais je pensais seulement qu'elle voulait dire que ça m'arriverait… avec moi dedans.

– On va devoir rentrer à pied. À moins que quelqu'un n'aperçoive le feu de loin.

– Aucune chance, dit-elle.

Voilà ce que c'est que d'emmener un garçon dans le lieu le plus reculé de tout l'Oregon, lui souffla triomphalement sa petite voix intérieure.

– J'imagine que tu ne peux pas te transformer en chauve-souris et voler jusque là-bas, hasarda-t-elle.

– Désolé, j'ai été recalé à l'examen de polymorphisme. Et puis, je ne te laisserais pas seule ici.

Mary-Lynnette se sentait néanmoins agitée et dangereuse – et cela la rendait impatiente.

– Je suis capable de me prendre en charge, tu sais, lâcha-t-elle non sans agacement.

C'est alors que le club s'abattit et qu'Ash tomba en avant, inconscient.

16

Tout se passa très vite... et avec la lenteur d'un rêve. Mary-Lynnette se vit brutalement tirée en arrière, puis sentit qu'on lui nouait avec force une corde autour des poignets.

Si je ne réagis pas immédiatement, je ne pourrai plus rien faire...

Elle lutta, tenta de se dégager, donna des coups de pied désespérés, mais, déjà, il était trop tard. Les mains attachées dans le dos, elle sut pourquoi les gens ne tentaient pas de résister lorsqu'ils portaient des menottes : c'était intenable ! Ses épaules comprirent aussi leur douleur lorsqu'elle fut tirée à reculons vers un arbre.

– Cesse de te débattre, gronda une voix.

Une voix grave, rauque, déformée, qu'elle ne reconnut pas. Elle essaya de voir à qui elle appartenait, mais l'arbre lui bloquait la vue.

– Si tu te laisses faire, tu n'auras pas mal.

Mary-Lynnette s'entêta pourtant, ce qui ne changea hélas rien. L'épaisse écorce contre laquelle elle était plaquée lui griffait les mains et le dos, et elle ne pouvait plus bouger.

Mon Dieu, pas moyen de m'échapper. Moi qui étais déjà affaiblie à cause de ce que j'ai fait avec Ash... me voilà maintenant prise au piège.

Alors, arrête de paniquer et réfléchis ! Sers-toi de ton cerveau au lieu de jouer les hystériques.

Mary-Lynnette cessa de lutter, s'efforça de retrouver une respiration normale et de se ressaisir.

Je te l'avais dit, lui susurra la petite voix en elle, *plus tu te débattras, plus ça te fera mal. Il y a beaucoup de choses comme ça.*

Se tordant le cou, Mary-Lynnette finit par voir qui l'emprisonnait ainsi.

Son cœur fit une embardée. Elle n'aurait pas dû être surprise, mais elle l'était. Surprise et infiniment déçue.

– Jeremy... ce n'est pas possible, souffla-t-elle.

Mais ce n'était pas le Jeremy qu'elle connaissait. Son visage était le même, ses cheveux, ses vêtements aussi, cependant il y avait quelque chose d'insolite dans son apparence, quelque chose de puissant, d'effrayant... et d'inconnu. Ses yeux étaient aussi inhumains et vides que ceux d'un requin.

– Je ne veux pas te faire de mal, lui dit-il de son étrange voix distordue. Si je t'ai attachée, c'est seulement parce que je ne veux pas que tu interfères.

Que j'interfère…

Mille questions, mille impressions différentes se mêlaient dans l'esprit de Mary-Lynnette. *Il essaie de se montrer amical… Interférer avec quoi ?… Ash, Ash…*

Elle regarda ce dernier, allongé par terre, immobile ; et ses merveilleux yeux, qui distinguaient maintenant les couleurs sous le clair de lune, voyaient ses cheveux blonds dégouliner de sang. Sur le sol près de lui se trouvait un bâton taillé dans du bois d'if – dans l'aubier de ce bois, plus précisément. Inutile de se demander pourquoi il était inconscient.

Mais, s'il saignait, il n'était pas mort. Non, il ne pouvait pas être mort. Rowan n'avait-elle pas dit que seuls le feu ou un pieu fiché dans le cœur pouvaient tuer un vampire ?

– Je m'occupe de lui, déclara Jeremy, et après, je te laisse partir. Promis. Quand je t'aurai tout expliqué, tu comprendras.

Mary-Lynnette reporta son regard sur l'étranger au visage de Jeremy. Elle eut alors un choc en comprenant ce qu'il entendait par « je m'occupe de lui ». Des mots qui faisaient simplement partie de la vie d'un chasseur. D'un loup-garou.

Maintenant, je sais que ce sont des tueurs. J'avais raison. J'avais raison, et Rowan se trompait.

– Ça ne va pas prendre longtemps, précisa Jeremy.

Sa bouche s'entrouvrit alors, et Mary-Lynnette crut défaillir. Car ses lèvres, en s'écartant, montèrent nettement plus haut que chez un humain. Elle aperçut ses gencives, d'un rose blanchâtre, et comprit pourquoi sa voix ne ressemblait pas à celle de Jeremy – c'étaient ses dents.

Des dents blanches sous la lune. Les dents de son rêve. Celles des vampires n'étaient rien, comparées aux siennes. Les incisives étaient faites pour détacher la chair d'une proie, les canines mesuraient au moins cinq centimètres, et les molaires, derrière, servaient à découper et déchirer.

C'est alors que Mary-Lynnette se rappela ce que le père de Vic Kimble avait dit, trois ans plus tôt. Il avait expliqué qu'un loup pouvait sectionner la queue d'une vache adulte aussi sèchement qu'une paire de cisailles. Il se plaignait du fait que quelqu'un avait laissé vagabonder un chien croisé avec un loup, et que l'animal s'en prenait à son bétail.

Sauf que celui qu'elle avait en face d'elle n'était pas un croisement. C'était Jeremy. Elle l'avait vu chaque jour à l'école – et, dans ce cas, il devait rentrer chez lui pour ensuite prendre cette apparence. Pour chasser.

Et à cet instant, alors qu'il se tenait au-dessus d'Ash, avec ses dents qui ressortaient et sa poitrine qui se soulevait lourdement, Jeremy avait tout d'une créature dégénérée.

– Mais, pourquoi ? ! s'écria-t-elle soudain. Pourquoi veux-tu lui faire du mal ?

Il tourna la tête vers elle... et Mary-Lynnette eut un autre choc. Ses yeux étaient différents. Quelques minutes plus tôt, elle les avait vus quasi blancs et étincelants dans l'obscurité. À présent, ils étaient jaunes, avec d'énormes pupilles. Comme ceux d'un animal...

Donc, plus besoin de la pleine lune, maintenant, songea-t-elle. *Il peut changer n'importe quand.*

– Tu ne sais pas ? grogna-t-il. Il n'y a donc personne qui comprenne ça ? C'est mon territoire.

Oh. Oh...

Alors, c'était aussi simple que ça. Après toutes les discussions, les briefings et les recherches qu'ils avaient entreprises, cette histoire se réduisait à celle d'un animal qui protégeait son territoire.

Rowan n'avait-elle pas dit aussi que, pour un terrain de chasse, l'espace était restreint ?

– Ils me volaient mon gibier, poursuivit Jeremy. Mes daims, mes écureuils. Ils n'avaient pas le droit. J'ai essayé de les faire partir, mais ils n'ont pas voulu. Ils sont restés et ils ont continué à tuer...

Il s'interrompit brusquement, mais un nouveau son sortit de sa bouche. Il commença très bas, d'abord – presque au-dessous du seuil audible de Mary-Lynnette –, mais la profonde vibration qui en résultait arracha un sentiment de terreur à la jeune fille. C'était aussi mystérieux et inhumain que le vrombissement d'un essaim d'abeilles prêtes à attaquer.

Un grognement. Oui, Jeremy grognait. Et c'était bien réel. Comme le grondement d'un chien qui vous forçait à reculer et à faire demi-tour. Un son qui vous prenait littéralement à la gorge.

– Jeremy ! hurla Mary-Lynnette.

Elle se jeta en avant, ignorant la folle douleur de ses épaules. Mais la corde tint bon. Et elle se sentit de nouveau plaquée contre l'arbre.

Jeremy s'abattit alors de tout son poids sur Ash, sa tête plongeant sur lui comme un serpent cherchant à mordre, comme un loup cherchant à dévorer sa proie, comme n'importe quel animal capable de tuer avec ses dents.

Elle entendit crier *Noooon !...* pour réaliser l'instant d'après que c'était sa propre voix. Elle se battait avec la corde, tandis que ses poignets s'humidifiaient de sang et la brûlaient en même temps. Mais elle ne parvenait pas à se libérer, et elle continuait de voir ce qui se passait devant elle, avec, en bruit de fond, ce grognement sinistre et irréel, qui se réverbérait dans sa tête et sa poitrine.

C'est alors que les choses commencèrent à se clarifier. Une partie de Mary-Lynnette, plus puissante que sa panique, commença peu à peu à prendre le dessus. S'éloignant mentalement, elle considéra la scène comme si elle se trouvait au bord de la route : la voiture, qui continuait de brûler, enveloppée d'une fumée blanche et étouffante ; la pauvre silhouette d'Ash gisant sur le tapis d'aiguilles ; l'image trouble du corps de Jeremy qui continuait de s'agiter comme un malade.

— Jeremy ! cria-t-elle une nouvelle fois.

Sa gorge aussi la faisait souffrir, mais sa voix restait calme, autoritaire.

— Jeremy, avant de faire ça, tu ne veux pas me laisser le temps de comprendre ? Tu m'as bien dit que c'était ce que tu voulais... Jeremy, aide-moi à comprendre !

L'espace d'une longue seconde, elle pensa que sa tentative serait vaine. Qu'il ne l'entendait même pas. Mais, soudain, sa tête se dressa, et elle vit son visage. Elle vit le sang sur ses mâchoires.

Ne crie pas ; surtout, ne crie pas..., s'encouragea-t-elle désespérément. *Ne lui laisse pas voir ton affolement. Tu dois maintenant le faire parler, le tenir éloigné d'Ash.*

Dans son dos, ses mains continuaient de remuer avec automatisme, comme si le fait de vouloir se débarrasser de la corde qui les emprisonnait était devenu une habitude. L'humidité poisseuse du sang l'y aidait, en fait. Elle sentit le chanvre glisser un peu sur sa peau à vif.

— S'il te plaît, aide-moi à comprendre, insista-t-elle, le souffle court. Je suis ton amie, tu le sais. On se connaît depuis si longtemps...

Les gencives blanchâtres de Jeremy étaient maintenant striées de rouge. Il avait toujours un aspect humain mais son visage, lui, n'avait plus rien de tel.

Lentement, cependant, ses lèvres commençaient à retomber pour lui recouvrir les dents. Il ressemblait davantage à une personne qu'à un animal. Et quand il parla, sa voix resta déformée, mais Mary-Lynnette en reconnut nettement le timbre, cette fois.

– Oui, depuis longtemps, reconnut-il. Je te regarde depuis l'enfance… et j'ai vu que tu me regardais aussi.

Elle hocha la tête, incapable de sortir le moindre son de sa gorge.

– Je me suis toujours dit qu'un jour, quand on serait plus grands, on se retrouverait ensemble. Je pensais que, peut-être, j'arriverais à te le faire comprendre. À te faire comprendre ce que je ressentais pour toi, et tout ce qui me concernait en réalité. Je pensais que tu étais la seule personne capable de ne pas avoir peur…

– Je n'ai pas peur, articula-t-elle enfin, en espérant que le tremblement de sa voix ne la trahirait pas.

Elle s'adressait en fait à une silhouette au tee-shirt maculé de sang, penchée sur un corps en loques, telle une bête encore prête à attaquer. Elle n'osa pas, en revanche, regarder Ash pour découvrir à quel point il était blessé. Les yeux fixés sur Jeremy, elle poursuivit :

– Et je crois que je peux comprendre. Tu as tué Mme Burdock, n'est-ce pas ? Parce qu'elle chassait sur ton territoire.

– Pas elle, précisa-t-il sur un ton impatient. Juste une vieille femme, qui ne chassait pas. Ça ne me gênait pas de la voir sur mon territoire. J'avais même travaillé pour elle ; je lui avais réparé sa clôture et son porche, sans rien lui demander pour ça… Et c'est là qu'elle m'a dit que ces filles arrivaient.

Comme elle me l'a annoncé à moi, songea Mary-Lynnette. Et il était là, en train de réparer la clôture, bien sûr. Comme il travaillait ainsi pour tous les autres.

– Je lui ai dit que ça ne marcherait pas, l'entendit-elle articuler en retrouvant ce grognement sinistre.

Tendu à l'extrême, Jeremy tremblait, et elle se sentait frissonner aussi.

– Trois autres chasseurs sur un si petit territoire… Je lui ai dit, mais elle ne voulait pas m'écouter. Elle ne voulait pas comprendre. Alors, je me suis mis en colère.

Ne regarde pas Ash, n'attire pas l'attention sur lui, se dit Mary-Lynnette avec angoisse. Les lèvres de Jeremy remontaient doucement sur ses gencives, comme s'il ressentait le besoin de s'attaquer à quelque chose. Au même instant, une part lointaine de son inconscient lui dit : *voilà pourquoi il a utilisé un piquet. Ash avait raison ; il a agi sur un coup de tête.*

– Ça arrive à tout le monde de se mettre en colère, répliqua-t-elle.

Malgré sa voix brisée, malgré les larmes qui lui emplissaient les yeux, Jeremy, en l'écoutant, parut se calmer un peu.

– Après ça, continua-t-il, l'air soudain las, je me suis dit que c'était peut-être mieux. J'ai pensé que, lorsque les filles la trouveraient, elles sauraient qu'elles devraient partir. J'ai attendu qu'elles le fassent. Je suis très patient.

Il avait maintenant le regard fixé sur les bois devant lui. Le cœur battant, Mary-Lynnette en profita pour oser jeter un coup d'œil sur Ash.

Il ne bouge plus… Et il y a tant de sang autour de lui… Jamais je n'en avais vu autant…

Elle tordit ses poignets d'avant en arrière, dans l'espoir de détendre un peu la corde.

– J'ai attendu, mais elles ne sont pas parties, reprit Jeremy.

Les yeux de Mary-Lynnette revinrent aussitôt sur lui.

– Et puis c'est toi qui es venue. J'ai entendu Mark parler à Jade, dans le jardin. Elle lui disait que l'endroit lui plaisait, qu'elle allait y rester. Et ça… ça m'a mis hors de moi. J'ai fait du bruit, et ils m'ont entendu.

Son visage changeait, sa peau devenait mobile. Ses pommettes s'élargissaient, son nez et sa bouche s'allongeaient, ses sourcils s'épaississaient pour prendre la forme d'une barre sous son front. Elle voyait des poils noirs et grossiers lui pousser sur les joues et les mâchoires.

Je vais tourner de l'œil...

— Qu'est-ce que tu as, Mary-Lynnette ?

Il se redressa, et elle vit que son corps se modifiait aussi. Tout en gardant une allure humaine, il s'allongeait, s'amincissait, comme s'il n'était plus fait que d'os et de tendons.

— Rien... rien du tout, mentit-elle dans un souffle.

Elle tira violemment sur son poignet... et sentit une main glisser.

Voilà. Maintenant, continue de le distraire ; arrange-toi pour qu'il s'écarte d'Ash.

— Et alors ? lui dit-elle. Qu'est-ce qui s'est passé, ensuite ?

— Je savais que je devais envoyer un message. Je suis revenu la nuit suivante pour m'occuper de la chèvre, mais tu étais encore là. Tu m'as fui en te réfugiant dans la cabane.

Il s'approcha, et le clair de lune lui illumina les yeux – et s'y refléta. Ses pupilles brillaient d'un vert orangé. Mary-Lynnette ne pouvait que regarder.

Cette ombre, dans la clairière... ces yeux que j'ai aperçus... Ce n'était pas un coyote ; c'était lui. Il nous suivait partout.

Ce seul souvenir lui donna la chair de poule. Mais il y avait pire encore : l'image de Jeremy en train de tuer la chèvre. Soigneusement, méthodiquement, dans l'idée de laisser un message clair.

Voilà pourquoi il n'avait pas mangé le cœur et le foie. Il ne l'avait pas tuée pour se nourrir – ce n'était pas une mise à mort normale de loup-garou. Car Jeremy n'était pas un loup-garou normal.

Il n'était pas du tout ce que Rowan avait décrit : un noble animal qui chassait pour se nourrir. Non, c'était… un chien fou.

C'était Ash qui avait raison depuis le début. Avec ses blagues sur la rage…

– Tu sais que tu es belle, lui dit soudain Jeremy. Je t'ai toujours trouvée belle. J'adore tes cheveux.

Il était maintenant planté devant elle. Elle distinguait chacun des pores de sa peau, desquels émergeaient d'épais poils noirs. Elle le sentait, aussi – une odeur sauvage, comme celle des zoos.

Il lui effleura la tête, d'une main ornée de gros ongles noirs. Ses yeux s'agrandissaient, s'élargissaient. *Parle… dis quelque chose… ne lui montre pas que tu meurs de trouille.*

– Tu sais comment le mari de Mme Burdock a été tué ? parvint-elle à articuler.

– Elle me l'a dit il y a longtemps, répondit Jeremy d'un air presque absent, sans cesser de lui passer la main dans les cheveux.

Il avait tellement changé que sa voix devenait difficile à comprendre.

– J'ai utilisé les petits bâtons qui me servent à construire mes maquettes... Tu sais que je fais des maquettes ? Et j'ai choisi un iris noir pour lui.

Il prononça ce mot sur un ton haineux.

– Je l'ai vu ce jour-là, avec ce stupide tee-shirt. Le club de l'Iris Noir... mon oncle en a été membre. On le traitait comme un moins que rien.

Ses yeux étaient à quelques centimètres de ceux de Mary-Lynnette, et elle sentit un ongle lui effleurer l'oreille. Subitement, elle eut la force de donner un grand coup de poignet derrière elle, et une main se libéra. Elle se figea, paniquée à l'idée que Jeremy l'ait remarqué.

– J'ai jeté la chèvre sur le perron, dit-il d'une voix traînante tout en la caressant. Je savais que vous étiez tous à l'intérieur. J'étais dans une telle colère que j'ai tué ce cheval, aussi, et que j'ai continué à courir. J'ai ensuite cassé la fenêtre de la station-service – j'avais l'intention de tout brûler, mais j'ai préféré attendre un peu.

C'était donc ça, se dit Mary-Lynnette tout en s'efforçant avec mille précautions de libérer son autre main, tout en soutenant le regard fou de Jeremy, tout en supportant son haleine fétide. Oui, bien sûr, c'était lui qu'ils avaient entendu courir. Et, s'il n'était pas passé à travers la marche brisée de l'escalier, c'est parce qu'il savait que le trou était là... parce qu'il avait commencé à la réparer. C'était lui aussi qui avait cassé la fenêtre – qui d'autre que celui qui y travaillait pouvait détester cette station-service ?

Lorsque ses doigts eurent défait la corde de son poignet, elle éprouva un sentiment de triomphe mais se garda bien de le montrer, serra les poings et réfléchit à ce qu'elle pouvait tenter, maintenant. Jeremy était si fort, si rapide. Si elle se jetait sur lui, elle n'avait aucune chance.

– Et, aujourd'hui, vous êtes venus ensemble en ville, continua-t-il d'une voix tellement inhumaine, à présent, qu'il était difficile de croire qu'il parlait la même langue que Mary-Lynnette.

« J'ai bien vu comment il s'adressait à toi. Je savais qu'il te voulait – et qu'il voulait te changer pour que tu deviennes comme eux. Il fallait absolument que je l'en empêche.

– Je savais que tu voulais me protéger, Jeremy, ça se voyait, fit-elle d'une voix qui se voulait calme.

Ses mains tâtonnaient le tronc contre lequel elle s'appuyait. Si elle ne trouvait pas une branche pour s'en faire une arme, comment espérait-elle l'attaquer ? Et, même si elle trouvait quelque chose, le bois ne suffirait pas. Ce n'était pas un vampire.

Jeremy fit un pas en arrière, et, l'espace d'une seconde, Mary-Lynnette en fut soulagée. Puis elle vit avec horreur qu'il tirait sur son tee-shirt pour l'enlever. Dessous, il n'y avait pas de peau mais des poils. Un pelage qui frémissait dans l'air de la nuit.

– Je vous ai suivis jusqu'ici et j'ai trafiqué ta voiture pour vous empêcher de repartir, dit-il. Je t'ai alors entendue dire que tu voulais devenir un vampire.

– Jeremy... c'était juste pour plaisanter.

Il poursuivit en ignorant sa réflexion.

– Mais tu faisais une erreur. Les loups-garous sont bien mieux. Tu comprendras quand je te montrerai. La lune te paraît si belle quand tu es un loup-garou.

C'était donc ce qu'il entendait quand il disait vouloir la protéger, lui faire comprendre. Il voulait tout simplement la changer pour qu'elle devienne comme lui.

Il me faut une arme.

Rowan avait dit que l'argent était dangereux pour les loups-garous. Alors, la vieille légende de la balle en argent était vraie. Mais Mary-Lynnette n'avait pas de balle en argent. Encore moins de dague en argent.

Mais... un couteau en argent ?...

Derrière Jeremy, le break était presque invisible au milieu de son nuage de fumée. Et puis, c'était carrément un incendie qui ravageait maintenant la voiture.

Bien trop dangereux. Tout va exploser. Je n'aurai jamais le temps d'aller y chercher quoi que ce soit.

Jeremy continuait de parler, d'une voix sauvage, à présent.

– Tu n'auras pas à regretter le Night World, avec toutes leurs stupides restrictions – interdit de tuer des humains, déconseillé de chasser trop souvent... Personne ne me dit comment chasser, à moi. Mon oncle a bien essayé, mais je me suis occupé de lui...

Soudain, la créature – ce n'était plus, désormais, une personne – s'arrêta et se retourna d'un bond. Mary-Lynnette vit ses babines redescendre, ses dents s'ouvrir, prêtes à mordre. Et, au même moment, elle comprit pourquoi. Ash était en train de bouger.

S'asseyant malgré sa gorge entaillée, regardant autour de lui d'un air totalement hébété, il aperçut Mary-Lynnette, et ses yeux semblèrent se fixer sur elle. Puis il considéra la chose qu'était devenu Jeremy.

– Tu... ne la touches pas ! s'étrangla-t-il d'une voix qu'elle ne lui avait jamais entendue.

Une voix chargée d'une fureur mortelle. Elle le vit changer de position dans un mouvement leste et gracieux, puis ramener ses muscles sous lui pour bondir...

Mais le loup-garou fut plus rapide. Sautant comme un animal, il saisit le bâton d'if et le précipita sur Ash. L'arme s'abattit sur sa tête, l'assommant d'un coup brutal. Puis elle tomba à terre, rebondissant au loin sur le tapis d'aiguilles de pin.

Le loup-garou n'en avait plus besoin – voilà qu'il découvrait ses dents. Il allait arracher la gorge d'Ash, comme il l'avait fait pour le cheval, pour le randonneur...

Mary-Lynnette s'élança en avant comme une bombe. Non pas vers Ash. À mains nues, elle ne pouvait pas l'aider. Elle courut vers la voiture et se jeta dans le nuage de fumée.

Bon sang, c'est intenable! Mon Dieu, laissez-moi juste entrer là-dedans...

Elle sentait la chaleur sur ses joues, sur ses bras. Elle se rappela alors les exercices de sécurité pratiqués à l'école, quand elle était enfant, et tomba à genoux afin de ramper là où l'air était plus frais.

C'est alors qu'elle perçut le bruit, derrière elle. Le bruit le plus lugubre qu'elle ait jamais entendu – le hurlement d'un loup.

Il sait ce que je fais. Combien de fois il m'a vue faire sauter mon bouchon d'essence avec ce couteau... Il va essayer de m'empêcher...

Elle se jeta à l'aveuglette dans la fumée brûlante, et atteignit enfin la voiture. Des flammes orange s'échappaient sauvagement du moteur, et la poignée de la portière lui brûla la main lorsqu'elle la toucha. Elle la saisit quand même et s'y accrocha.

Ouvre-toi, ouvre-toi...

Et la portière céda, laissant le passage à une bouffée d'air dévorant de chaleur. Si elle avait été entièrement humaine, elle n'aurait jamais pu le supporter. Mais elle avait échangé son sang avec quatre vampires en deux jours, et elle n'était plus totalement humaine. Elle n'était plus Mary-Lynnette... mais était-elle capable de tuer ?

Les flammes léchaient le tableau de bord. Elle tâtonna sur du vinyle fumant et passa une main sous le siège du conducteur.

Allez, où es-tu ?...

Ses doigts rencontrèrent du métal – le couteau. Le couteau d'argent orné d'un motif victorien, qu'elle avait emprunté chez Mme Burdock. Il était bouillant. Sa main se referma dessus et elle le saisit... à l'instant où quelque chose s'abattait violemment sur sa tête.

D'instinct, elle se retourna pour faire face à ce qui l'attaquait. Mais en faisant alors un geste qu'elle devait amèrement regretter plus tard : elle pointa son couteau vers son agresseur. Elle aurait eu le temps de l'envoyer en arrière ou de le diriger vers le sol. Et, si elle avait été la Mary-Lynnette d'avant, elle aurait sans doute agi ainsi.

Mais il en fut tout autrement. Le couteau était tourné vers l'extérieur. Vers la silhouette qui la menaçait. Et lorsque celle-ci lui atterrit dessus, la puissance de l'impact se propagea sur son poignet et lui remonta jusqu'en haut du bras, lui infligeant une douleur fulgurante.

Pourtant, son lointain inconscient le lui assura : la lame s'était enfoncée droit entre les côtes du monstre...

S'ensuivit la confusion la plus totale. Mary-Lynnette sentit des dents lui arracher les cheveux avant de s'abattre sur son cou, tandis que des griffes lui lacéraient les bras et les épaules. La chose qui l'attaquait était lourde, velue, et n'avait rien d'une personne ni même d'une demi-personne. C'était un énorme loup qui grognait sa fureur.

Elle agrippait toujours le couteau, mais il lui était difficile de garder les doigts fermés dessus. Il bougeait en tous sens, lui tordant le poignet dans un angle impossible. Il était enfoui dans la poitrine du loup.

L'espace d'un instant, alors que la créature s'arrachait d'elle, Mary-Lynnette put la voir.

Un animal splendide. Élancé et racé, mais avec des yeux de fou. Il utilisait son dernier souffle pour tenter de la tuer.

Tu me hais tant que ça ? Je t'ai préféré Ash ; je t'ai blessé avec un objet en argent. Et maintenant, tu meurs. Tu dois te sentir tellement trahi...

Mary-Lynnette se mit à trembler de tous ses membres. Elle n'en pouvait plus. Elle lâcha le couteau, se débattit, repoussa le loup de ses pieds et de ses mains. Chancelante, se traînant sur le dos, elle parvint à s'écarter un peu. La silhouette du monstre se dessinait à présent devant un mur de feu. Elle le vit alors se rassembler pour un dernier bond dans sa direction…

Un boum étouffé se fit soudain entendre. Derrière elle, la voiture entière parut avoir un sursaut d'agonie, puis ce fut l'embrasement total.

La jeune fille s'écrasa sur le sol, à demi aveuglée, mais elle devait regarder.

Alors, voilà à quoi ça ressemble, une voiture en flammes. Ce n'était pas l'énorme explosion à laquelle on avait droit dans les films. Juste une sorte de « pouf ». Et puis le feu, qui grandissait et envahissait tout.

La chaleur la forçait à ramper le plus loin possible du carnage, mais elle ne pouvait détacher les yeux de la scène. Des flammes rougeoyantes, voilà ce qui restait de son cher break. Des flammes qui surgissaient de tous les coins du squelette de métal.

Le loup ne sortait pas du brasier.

Mary-Lynnette finit par s'asseoir. Elle avait de la fumée plein la gorge, et, lorsqu'elle tenta d'appeler Jeremy, elle n'émit qu'un souffle rauque.

Le loup n'émergeait toujours pas de la voiture en feu. Comment pouvait-il en être autrement, avec un couteau d'argent fiché dans la poitrine, et ce feu qui le piégeait ?

S'enveloppant de ses bras, Mary-Lynnette regarda le véhicule brûler.

Il m'aurait tuée. Comme tout bon chasseur. Je devais me défendre, je devais sauver Ash. Et les filles... il les aurait tuées aussi. Et il avait dû tuer d'autres gens aussi, comme le randonneur... Il était fou et foncièrement mauvais, car il était prêt à faire n'importe quoi pour obtenir ce qu'il voulait.

Elle l'avait compris dès le début. Elle l'avait vu maintes et maintes fois, sous ses airs de « gentil garçon », mais elle s'entêtait à se persuader qu'il n'y avait rien. Elle aurait dû écouter ses sentiments. Quand elle avait réalisé que le mystère de Jeremy Lovett était résolu et que l'histoire se terminait mal...

Elle tremblait mais restait incapable de pleurer.

Le feu continuait de rugir sous ses yeux. Quelques étincelles s'échappaient du brasier et montaient vers le ciel.

Je me moque de savoir si c'était justifié ou pas. Ce n'était pas comme tuer dans mes rêves. Ce n'était pas facile, ce n'était pas naturel, et je n'oublierai jamais la façon dont il me regardait...

Puis elle pensa : *Ash...*

Elle était à ce point pétrifiée qu'elle l'avait presque oublié. Alors, elle se retourna, trop effrayée pour regarder vraiment. Puis, lentement, elle rampa vers l'endroit où il gisait toujours.

Tant de sang... comment pouvait-il être encore en vie ? Mais, s'il était mort... si tout ça n'avait servi à rien ?...

Non, Ash respirait. Et quand elle lui toucha le visage, cherchant un endroit de sa peau où il n'y avait pas de sang, il remua. Puis il fit mine de s'asseoir.

– Ne bouge pas, souffla-t-elle.

Les vêtements de Jeremy se trouvaient par terre, non loin de lui. Mary-Lynnette s'empara du tee-shirt et en tamponna la nuque d'Ash.

– Non, ne bouge pas…

Il tenta une nouvelle fois de s'asseoir.

– Ne t'inquiète pas ; je vais te protéger.

– Allonge-toi, insista-t-elle.

Comme il refusait d'obtempérer, elle le poussa doucement et lui dit :

– Il n'y a rien à faire. Il est mort.

Il s'effondra de nouveau, ferma les yeux puis demanda :

– Je l'ai tué ?

Mary-Lynnette émit un son qui ressemblait à un petit rire étouffé. Elle frissonnait de soulagement ; Ash pouvait respirer et parler, et il semblait même retrouver ses airs suffisants. Jamais elle n'aurait imaginé à quel point ce trait de caractère pouvait se révéler plaisant à ses yeux. Et, sous le tee-shirt en loques, elle voyait que son cou guérissait déjà. Ce qui n'était, un instant plus tôt, que des plaies se muait en cicatrices plates et roses.

La peau de vampire était incroyable.

– Tu ne m'as pas répondu, articula-t-il.

– Non, tu ne l'as pas tué. C'est moi qui l'ai fait.

Ses yeux s'écarquillèrent de surprise. Ils échangèrent alors un long regard, et Mary-Lynnette comprit à cet instant qu'ensemble ils comprenaient un tas de choses.

Puis Ash déclara, d'une voix qui ne lui avait jamais paru aussi dénuée de suffisance :

– Je suis désolé.

Il repoussa le tee-shirt maculé de sang et s'assit.

Qui se jeta sur l'autre le premier ? Mary-Lynnette ne le sut pas, mais ils s'étreignirent. Et elle se prit à songer aux chasseurs, au danger, aux rires et à la mort. À toutes les choses qui appartenaient réellement à la nuit. Et aussi au fait que jamais plus elle ne verrait la même personne lorsqu'elle se regarderait dans le miroir.

– C'est fini, maintenant, murmura Ash.

Elle sentit ses bras autour d'elle, sa chaleur, sa solidité, la force de son appui.

– Il n'y aura plus de tueries. Tout est fini.

D'autres choses s'achevaient aussi.

Le premier sanglot eut du mal à sortir. Tant de mal qu'elle crut que le suivant mettrait du temps à venir. Mais non, il n'y eut pas de pause entre celui-ci et le deuxième, ni entre tous ceux qui suivirent. Elle pleura longtemps. Et le feu se consuma de lui-même, tandis que quelques étincelles éparses continuaient de monter vers le ciel et qu'elle restait blottie contre le cœur d'Ash.

17

— En fait, elle n'a rien raconté aux humains, mais elle a défié les autorités du Night World, déclara Ash d'une voix paresseuse.

— Comment ça ? demanda Quinn.

En cette fin de lundi après-midi, à la ferme Burdock, le soleil tentait encore de s'immiscer par les stores baissés du salon. Vêtu d'un jean au bleu délavé, d'un tee-shirt tout neuf dont le col montant et les manches longues dissimulaient les cicatrices presque disparues de sa gorge et de ses bras, les cheveux soigneusement coiffés sur l'escarre qu'il portait encore à la tête, Ash jouait le rôle de sa vie.

— Elle savait qu'un arrogant loup-garou traînait dans le coin, et elle n'en a parlé à personne.

— Ça s'appelle de la trahison. Alors, qu'est-ce que tu as fait ?

— Je l'ai poignardée.

Quinn partit d'un puissant éclat de rire.

– Je ne blague pas, lui assura Ash en fixant sur lui d'innocents yeux bleus. Tu veux voir ?

Sans le quitter du regard, il ôta d'un geste souple la couverture de patchwork vert et rose qui recouvrait un ballot posé sur le canapé.

Quinn haussa des sourcils curieux.

Il considéra un instant tante Opale, que l'on avait soigneusement nettoyée afin de ne pas montrer qu'elle avait été enterrée, et qui se retrouvait de nouveau avec son piquet fiché dans la poitrine.

Il eut un léger mouvement de recul, et, pour la première fois peut-être, Ash le vit chanceler.

– Tu as vraiment fait ça…, murmura-t-il.

Sa voix trahissait à la fois le choc et un respect qu'il n'aurait jamais avoué de lui-même.

Tu sais, Quinn, songea Ash, *je ne crois pas que tu sois aussi coriace que tu le prétends. Après tout, quoi que tu fasses pour ressembler à un Ancien, tu n'as que dix-huit ans. Et tu auras toujours dix-huit ans ; alors que moi, je serai peut-être plus âgé, dans un an.*

– Bien…, fit Quinn en clignant des yeux, je dois reconnaître que tu as fait du beau boulot.

– Oui, j'ai décidé que la meilleure chose que j'avais à faire, c'était de nettoyer un peu. Elle commençait à se montrer envahissante.

Les yeux sombres de Quinn s'agrandirent une fraction de seconde.

– Je dois admettre... Je ne te voyais pas aussi impitoyable.

– Il faut bien faire ce qu'on a à faire. Pour l'honneur de la famille, n'est-ce pas ?

– Alors, dit-il en se raclant la gorge, et ce loup-garou ?

– Oh, je m'en suis occupé aussi.

Ash alla alors ôter un autre patchwork, brun et blanc, pour dévoiler sa seconde présentation. Le loup n'était plus qu'un corps carbonisé et contorsionné. Mary-Lynnette était quasiment devenue hystérique lorsqu'il avait tenu à le sortir de la voiture, et Quinn se sentit frémir quand ses yeux tombèrent dessus.

– Désolé, ça sent un peu le cheveu cramé. Je me suis moi-même un peu sali à essayer de le garder au chaud dans le brasier...

– Tu l'as brûlé vif ?

– Disons que c'est une des méthodes pour tuer un loup-garou, oui.

– Remets-moi cette couverture en place, s'il te plaît.

Ash s'exécuta non sans réprimer un sourire.

– Alors, tu vois, j'ai veillé à tout. Pas d'implication humaine, aucune extermination nécessaire.

– Oui, très bien..., fit Quinn dont les yeux restaient rivés sur le patchwork.

Ash jugea que c'était le bon moment pour lâcher :

– Et au fait, il se trouve que les filles avaient une raison tout à fait légitime de venir ici. Elles voulaient apprendre à chasser. Il n'y a rien d'illégal à ça, je suppose ?

– Quoi ? Oh, non.

Il regarda encore une fois tante Opale puis revint sur Ash et demanda :

– Alors, elles vont rentrer, maintenant qu'elles ont appris à chasser ?

– C'est-à-dire qu'elles n'ont pas tout à fait fini d'apprendre... Donc elles restent.

– Elles restent ?

– Exactement. Écoute, je suis le chef de famille, sur la côte Ouest, non ? Donc je dis qu'elles restent.

– Ash...

– Il était temps d'installer une antenne du Night World dans cette région, tu ne crois pas ? Tu as vu ce qui se passe, sinon. On se retrouve avec des familles de loups-garous hors la loi qui se baladent librement. Et il faut quelqu'un ici en permanence pour tenir le fort.

– Ash... on ne va pas payer des créatures de la nuit pour les faire venir jusqu'ici. Il n'y a que des animaux pour se nourrir, et que des humains avec qui socialiser...

– Oui, c'est un sale boulot, je le reconnais, mais il faut bien que quelqu'un le fasse. Et puis, ce n'est pas toi qui as dit que ça n'avait rien de bon de passer sa vie entière isolé sur une île ?

Quinn le regarda un instant puis lâcha :

– Peut-être, mais je ne vois pas ce qu'il y a de mieux ici.

– Ça arrange mes sœurs, en tout cas. Peut-être que, dans quelques années, elles auront envie de retourner dans l'île. Elles pourront alors passer la main à quelqu'un d'autre.

– Ash... personne ne voudra venir ici.

– D'accord, si tu le dis.

La bataille gagnée et la stupéfaction de Quinn indiquant qu'il attendait de retourner à Los Angeles le plus vite possible, Ash s'autorisa un soupçon de vérité :

– Un de ces jours, je viendrai vous rendre visite.

– Il a fait un travail splendide, reconnut Rowan, ce soir-là. On a tout entendu de la cuisine. Tu aurais adoré.

Mary-Lynnette sourit.

– Quinn n'a qu'une envie, c'est de s'en aller d'ici, déclara Jade, une main dans les cheveux de Mark.

– J'aimerais juste être là quand tu expliqueras tout ça à papa, dit Kestrel à son frère.

– C'est drôle, lui répondit-il, je pense exactement le contraire.

Tous se mirent à rire... sauf Mary-Lynnette. La grande cuisine était chaude et lumineuse, mais les fenêtres s'assombrissaient. Elle ne discernait rien dans l'obscurité qui tombait ; ces derniers jours, les effets dus à l'échange de sang s'étaient estompés, et elle retrouvait peu à peu les sens d'un humain ordinaire.

— Tu es sûr que tu n'auras pas d'ennuis ? demanda-t-elle à Ash.

— Non. Je dirai la vérité à papa – dans sa plus grande partie. Qu'un loup-garou hors la loi a tué tante Opale, et que je l'ai tué à mon tour. Et que les filles sont mieux ici, à chasser tranquillement et à surveiller la région pour s'assurer qu'il n'y a pas d'autres voyous. Il existe certainement des archives concernant la famille Lovett ; papa pourra donc tout vérifier comme il l'entendra.

— Une famille entière de loups-garous hors la loi…, dit Kestrel, amusée.

— De loups-garous tarés, précisa Ash. Ils étaient aussi dangereux pour le Night World que n'importe quel chasseur de vampires. Dieu sait depuis combien de temps ils étaient là ; assez, en tout cas, pour que leur territoire ait pris le nom de Mad Dog Creek… l'Anse du Chien Fou.

— Et pour que les gens les confondent avec Sasquatch, ajouta Mark.

Le regard noisette de Rowan paraissait troublé.

— Et c'était ma faute si tu ne savais pas, dit-elle à Mary-Lynnette. Je t'avais dit que ça ne pouvait pas être un tueur. Je suis désolée…

– Rowan, ne culpabilise pas pour ça. Tu ne pouvais pas savoir. Il ne tuait pas pour se nourrir, comme un loup-garou normal. Il tuait pour défendre son territoire – et pour nous effrayer.

– Et ça a failli marcher, commenta Mark. Sauf que vous n'aviez pas d'autre endroit où aller.

– J'ai une question, déclara Ash en regardant Mark puis ses sœurs. Est-ce que le territoire ici sera suffisant pour vous ?

– Bien sûr, répliqua Rowan, non sans surprise.

– On n'a pas tout le temps besoin de tuer des animaux pour se nourrir, enchaîna Jade. On commence à s'habituer ; on peut en prendre un peu ici et un peu là. Hé, on peut même essayer la chèvre.

– Je préférerais essayer Tiggy, observa Kestrel dont les yeux d'ambre se mirent à luire un instant.

Mary-Lynnette ne le disait pas mais, parfois, elle se posait des questions sur cette dernière. Aurait-elle un jour besoin d'un territoire plus grand pour elle seule ? D'une certaine manière, elle ressemblait beaucoup à Jeremy.

Belle, cruelle, résolue. Une véritable créature de la nuit.

– Et toi, Mark ? demanda Ash.

– Moi ? Euh... quand j'y réfléchis, mon style c'est plutôt les hamburgers...

– J'ai essayé de l'emmener chasser, hier soir, expliqua Jade. Pour lui montrer, seulement. Eh bien, il a vomi.

– Non, je n'ai pas...

– Si, tu as vomi, Mark, insista-t-elle en souriant.

Il se détourna, mais en prenant bien soin de garder la main de Jade dans la sienne.

– Alors j'en conclus que tu ne vas pas devenir vampire, lui dit Ash.

– Hum... disons que... pas tout de suite, non.

Se tournant vers Mary-Lynnette, Ash enchaîna :

– Et côté humain, où en est-on ? On a fait ce qu'il fallait ?

– Eh bien, je sais exactement tout ce qui se passe en ville, répondit-elle. J'ai par exemple parlé avec Bunny Marten, ce matin, et, au passage, je suis bien contente de savoir que ce n'est pas un vampire.

– Je le savais, laissa tomber Mark.

– Enfin, voici un rapide récit des faits, reprit Mary-Lynnette, un index levé. Un, tout le monde sait que Jeremy a disparu – son patron à la station-service ne l'a pas vu hier, et il est allé jeter un coup d'œil dans sa caravane. Il y a découvert tout un tas de choses bizarres, mais ça ne l'a pas renseigné sur sa disparition.

– Très bien, dit Rowan.

Mary-Lynnette leva un autre doigt et continua :

– Deux, papa est désolé mais pas surpris que le break ait explosé. Claudine le prédisait depuis au moins un an.

Un autre doigt.

– Trois, M. Kimble ne sait absolument pas ce qui a tué son cheval, mais maintenant, il pense que c'était un animal plutôt qu'une personne. Vic Kimble croit qu'il pourrait s'agir de Sasquatch. En tout cas, lui et Todd sont morts de trouille, et ils n'ont qu'une envie : fiche le camp de Briar Creek.

– Alors observons un moment de silence pour montrer à quel point ils vont nous manquer, déclara Mark sur un ton solennel.

– Quatre, continua Mary-Lynnette, les filles, vous allez devoir annoncer à la ronde que votre tante n'est pas rentrée de ses « vacances ». Mais je pense que ça peut attendre un peu. Personne ne vient par ici, donc personne ne remarquera sa disparition. Et je crois qu'on peut l'enterrer en toute tranquillité, et Jeremy aussi. Et si quelqu'un les trouve, qu'est-ce que ça donnera ? Une momie qui a l'air d'avoir mille ans, et un loup. Jamais on ne fera le lien avec ceux qui ont disparu.

– Pauvre tante Opale, dit Jade en souriant. Mais elle nous a bien aidées, non ?

Je vois bien le reflet argenté de tes yeux quand on rit de la mort, songea Mary-Lynnette en la regardant. Jade aussi était bien une créature de la nuit.

– Oui, c'est vrai. Je vais énormément la regretter…

– Alors ça y est, tout est réglé, déclara Kestrel sur un ton enjoué.

– On dirait, oui, répondit Ash sans conviction. Quinn m'attend en bas de la route. Je lui ai dit qu'il ne nous faudrait que quelques heures pour prendre nos dispositions et nous dire au revoir.

Un lourd silence s'installa, au bout duquel Mary-Lynnette lâcha :

– Je te raccompagne.

Tous deux se dirigèrent vers la porte d'entrée. Lorsqu'ils furent dehors, sous la faible lumière du crépuscule, Ash referma soigneusement le battant derrière lui et souffla :

– Tu sais que tu peux encore venir avec moi.

– Avec toi et Quinn ?

– Non, je lui dirai de repartir. Ou alors je partirai avec lui et je reviendrai te chercher demain. Ou encore, je reviens et je reste...

– Non, tu dois d'abord aller raconter à ton père tout ce qui s'est passé, arranger les choses avec lui pour que tes sœurs soient tranquilles. Tu le sais.

– Oui. Et après ça, je reviendrai.

Il prononça ces mots avec un léger tremblement dans la voix. Mary-Lynnette se détourna. Le soleil était couché. À l'est, le ciel avait déjà pris une sombre teinte violette, presque noire. Elle vit alors une étoile scintiller. Non, pas une étoile... Jupiter.

– Je ne suis pas encore prête. J'aimerais l'être, Ash.

– Non, je ne crois pas que tu aimerais, corrigea-t-il.

Et il avait raison. Elle le savait depuis l'instant où elle s'était assise au bord de la route, en pleurs devant sa voiture qui brûlait. Et, bien qu'elle ait pensé et repensé à tout cela, allongée sur son lit, dans sa chambre obscure, rien n'avait réussi à la faire changer d'avis.

Elle ne serait jamais un vampire. Elle n'était tout simplement pas faite pour cela. Elle ne pouvait pas faire ce que les vampires devaient faire – et rester en même temps saine d'esprit. Elle n'était pas comme Jade ou Kestrel, ni même Rowan avec ses pieds pâles et nerveux, et son amour instinctif pour la chasse. Elle avait plongé un regard au cœur du Night World... sans pouvoir s'y plonger elle-même.

– Je ne veux pas que tu deviennes comme ça, lui dit Ash. Je veux que tu restes toi-même.

Les yeux ailleurs, elle répliqua :

– Mais on n'est plus des enfants. On ne peut pas être Jade et Mark, se contenter de rire et de se tenir la main sans jamais penser à l'avenir.

– Non, on est des âmes sœurs, c'est tout. On est simplement destinés à être ensemble pour toujours...

– Si on a l'éternité devant nous, tu peux alors me laisser un peu de temps, reprit-elle. Retourne là-bas, et promène-toi un peu. Observe le Night World et assure-toi de désirer vraiment y renoncer...

– Je le sais déjà.

– Observe les humains et assure-toi de vouloir vraiment te lier à l'un d'eux.

– Et je dois peut-être réfléchir à tout ce que j'ai infligé aux humains, aussi ?

– Oui, fit-elle en se tournant vers lui.

– D'accord, articula-t-il avant de regarder au loin à son tour. Je l'admets, j'ai beaucoup de choses à réparer, à me faire pardonner.

Mary-Lynnette le savait. Il avait considéré les humains comme de la vermine – et de la nourriture. Ce qu'elle avait vu dans son esprit lui semblait encore repoussant aujourd'hui.

– Amende-toi comme tu le pourras, lui dit-elle sans oser espérer qu'il en fût capable. Prends le temps de te corriger, et donne-moi le temps de terminer de grandir. Je suis encore au lycée, Ash.

– Dans un an, tu en seras sortie. Je reviendrai, alors.

– Ce sera peut-être encore trop tôt.

– Je sais. Mais je reviendrai quand même, sourit-il. Et, en attendant de te revoir, je combattrai les dragons, comme un chevalier pour obtenir les faveurs de sa dame. Je ferai mes preuves. Tu seras fière de moi.

Mary-Lynnette avait la gorge si serrée que c'en était douloureux. Le sourire d'Ash disparut de ses lèvres, et ils continuèrent de se regarder en silence.

Le temps était venu de s'embrasser. Mais, au lieu de cela, ils restèrent à se dévisager comme des enfants blessés. Puis, l'un d'eux s'avança vers l'autre, et ils s'étreignirent. Mary-Lynnette le serra fort, de plus en plus fort, le visage enfoui au creux de son épaule. Ash, qui semblait lui aussi perdre contrôle, ne cessait de lui embrasser la nuque en soufflant :

– J'aimerais tant être un humain. J'aimerais tant...

– Non, ne souhaite pas ça, répliqua-t-elle, sérieusement déstabilisée par ses baisers.

– Si, je le voudrais. J'adorerais...

Mais cela ne changerait rien, et Mary-Lynnette savait qu'il le savait. Le problème n'était pas ce qu'était Ash, mais ce qu'il avait fait – et ce qu'il allait faire. Il avait trop vu du côté sombre de la vie pour être une personne normale. Sa nature était déjà formée, et la jeune fille ne savait pas s'il saurait la combattre.

– Crois en moi, lui souffla-t-il comme s'il l'entendait penser.

Incapable de lui dire oui ou non, elle fit donc la seule chose qu'elle pouvait faire : elle leva la tête... et rencontra les lèvres d'Ash, qui semblaient attendre les siennes. Elle découvrit que les étincelles entre eux n'étaient plus douloureuses, et que la brume rose qui l'enveloppait pouvait être merveilleuse. L'espace d'un instant, tout lui parut doux, tiède et étrangement paisible.

Puis, derrière eux, quelqu'un frappa à la porte, de l'intérieur. Mary-Lynnette et Ash sursautèrent et s'écartèrent l'un de l'autre. Ils se regardèrent, surpris, encore sous le coup de l'émotion, et la jeune fille se rappela alors où elle se trouvait. Elle se mit à rire, aussitôt imitée par Ash.

– Sortez, lancèrent-ils simultanément.

Mark et Jade apparurent sur le seuil et sortirent, suivis par Rowan et Kestrel. Tous se tenaient à présent sous le porche – en évitant soigneusement le trou dans la marche de bois. Le sourire entendu qu'ils lui envoyèrent fit rougir Mary-Lynnette.

– Au revoir, dit-elle alors à Ash.

Il la contempla un long instant, puis se tourna lentement vers la route et s'éloigna.

Mary-Lynnette le regarda partir, les yeux pleins de larmes. Elle ne parvenait toujours pas à croire en lui. Mais il n'y avait aucun danger à espérer. À souhaiter quelque chose. Même si beaucoup de souhaits ne se réalisaient jamais...

– Regardez ! s'exclama soudain Jade.

En l'apercevant, Mary-Lynnette sentit son cœur bondir. Un éclair de lumière traversait le ciel sombre, au nord-est. Non pas une simple petite étoile filante, mais un lumineux météore vert, suivi d'une étincelante traînée poudreuse. Il était juste au-dessus du chemin qu'empruntait Ash, comme pour lui éclairer la route.

Une Perséide tardive…, songea Mary-Lynnette. Le dernier des météores d'été. Une sorte de grâce, lui sembla-t-il.

– Vite, vite, fais un vœu, dit Mark à Jade. Un souhait que tu voudrais voir se réaliser.

Mary-Lynnette contempla le visage réjoui de son frère, son regard brillant d'excitation. À ses côtés, Jade frappait des mains comme une enfant, ses yeux verts arrondis de plaisir.

Je suis tellement heureuse pour toi et elle. Le vœu que j'ai fait pour vous s'est réalisé. Alors, maintenant, je peux peut-être en faire un.

Je voudrais… je voudrais…

Loin devant elle, Ash se retourna et lui sourit.

– Dans un an ! lui lança-t-il. Quand j'aurai anéanti le dragon !

Il descendit le reste du chemin menant à la route. Pendant un moment, dans la lumière violette du crépuscule, Mary-Lynnette le vit comme un chevalier se lançant dans une quête. Un chevalier errant, avec une lumineuse chevelure blonde, sans armes, partant à la rencontre d'une nature sauvage et dangereuse. Puis il reprit sa marche, en lui faisant un dernier petit signe, ce qui la ramena brutalement à la réalité.

Derrière Mary-Lynnette, tout le monde criait au revoir. Son frère et ses trois sœurs de sang, tous irradiant de chaleur, encourageant celui qui partait. La joyeuse Jade. La féroce Kestrel. La douce et sage Rowan. Et puis Mark, le solitaire qui ne l'était plus. Tiggy, lui, ronronnait en se frottant aux jambes de sa maîtresse.

– Même séparés, on regardera le même ciel ! cria Ash, de loin.

– Quelle belle réplique ! lui lança Mary-Lynnette.

Mais il avait raison. Le ciel serait là pour eux deux. Et elle saurait qu'Ash serait toujours là, quelque part, à le contempler avec admiration. En sachant combien c'était important.

Et elle savait enfin qui elle était. Elle était Mary-Lynnette, qui, un jour, découvrirait une supernova, ou une comète, ou un trou noir. Mais elle le ferait en tant qu'humaine. Et Ash reviendrait l'année prochaine.

Et elle aimerait toujours la nuit.

À découvrir dans le tome 3...

Ensorceleuse

« R envoyées. »

C'était l'un des mots les plus terribles qui puissent frapper un élève de terminale, et il résonnait encore dans l'esprit de Thea Harman alors que la voiture de sa grand-mère approchait du lycée.

– C'est votre dernière chance, affirmait cette dernière depuis son siège à l'avant. Vous vous en rendez compte, j'espère ?

Alors que le chauffeur se garait au bord du trottoir, elle continua :

– Je ne sais pas pourquoi vous vous êtes fait renvoyer de votre dernière école, et je ne veux pas le savoir. Mais s'il y a la moindre histoire dans cet établissement, je laisse tomber et je vous envoie toutes les deux chez votre tante Ursula. Ne me dites pas que c'est ce que vous recherchez ?

Thea secoua vigoureusement la tête.

On avait donné à la maison de tante Ursula le surnom de « Couvent », une forteresse grise perchée au sommet d'une montagne avec des murailles tout autour, une atmosphère lugubre et tante Ursula qui surveillait tout, les lèvres serrées… Plutôt mourir que d'aller vivre là-bas !

À l'arrière à côté d'elle, Blaise, sa cousine, secouait également la tête. Mais n'en avait pas grand-chose à faire.

Thea avait du mal à se concentrer. La tête lui tournait et elle se sentait un peu perdue, comme si une partie d'elle-même était restée dans le New Hampshire, dans le bureau du dernier proviseur en date. Elle voyait encore son expression, l'air de dire qu'elle et Blaise allaient une fois de plus se faire virer.

Sauf que là, c'était pire. Impossible d'oublier les lumières rouge et bleue de la voiture de police garée devant l'entrée. Ou cette fumée qui s'échappait des restes carbonisés du département de musique, ou les pleurs de Randy Marik lorsque la police l'avait conduit en prison.

Ou le sourire de Blaise. Triomphant, comme si tout cela n'avait été qu'un jeu.

Thea jeta un coup d'œil à sa cousine.

Blaise était belle et fatale, mais n'y pouvait rien. Elle avait toujours donné cette impression ; cela provenait en partie de ses yeux gris si troublants, de ses cheveux sombres comme un nuage de fumée – rien à voir avec la blondeur de Thea. Et c'était à cause de cette beauté qu'elles rencontraient aujourd'hui tant de difficultés ; pourtant, Thea ne pouvait s'empêcher de l'aimer.

Après tout, elles avaient été élevées comme deux sœurs. Et c'était certainement le lien le plus fort qui puisse exister entre deux sorcières.

Seulement, on ne peut pas se faire encore virer. Impossible. Je sais qu'en ce moment tu crois pouvoir recommencer et que cette bonne vieille Thea sera toujours là pour te soutenir… mais, là, tu te trompes. Cette fois, c'est moi qui te dis stop.

– C'est tout, conclut brutalement mamie. Alors, tenez-vous tranquilles jusqu'à la fin octobre, ou vous allez le regretter. Filez, maintenant !

Avec sa canne, elle frappa d'un coup sec l'appui-tête du chauffeur :

– À la maison, Tobias !

Celui-ci avait plutôt l'air d'un gamin avec ses cheveux frisés, et fixait mamie du même air de chien battu que tous les autres apprentis au bout de quelques jours.

– Bien, Grande Dame, répondit-il en passant la première.

Thea se hâta d'ouvrir sa portière et de sortir, Blaise sur ses talons.

La vieille Lincoln Continental accéléra, laissant les deux filles sous le chaud soleil du Nevada, face à une bâtisse en pisé de deux étages, le lycée Lake Mead.

Thea cligna des yeux en essayant de remettre ses idées au clair, puis se tourna vers sa cousine.

– Dis-moi, gronda-t-elle, que tu ne vas pas recommencer ici.

Blaise éclata de rire.

– Je ne fais jamais deux fois la même chose.

– Tu sais très bien ce que je veux dire !

Blaise fit mine de remonter une de ses bottes, mais ne put cacher son agacement.

– Arrête ! Mamie en fait des tonnes, avec sa morale ! J'ai l'impression qu'elle ne nous a pas tout dit. C'est quoi, cette histoire de fin du mois ?

Elle se redressa, repoussa sa masse de cheveux bruns et afficha un sourire exquis :

– Et si on allait plutôt chercher nos emplois du temps ?

– Tu réponds à ma question, oui ou non ?

– Quelle question ?

Thea ferma les yeux.

– Blaise, plus personne dans la famille ne veut de nous. Si ça recommence… ne me dis pas que tu te vois aller vivre au Couvent ?

L'expression de sa cousine s'assombrit encore. Et puis elle haussa les épaules, faisant chatoyer les plis de son chemisier rubis.

– Bon, on se dépêche ! On ne doit pas être en retard.

– Vas-y, maugréa Thea d'un ton las.

Elle suivit des yeux sa démarche chaloupée typiquement Blaise.

Thea poussa encore un soupir en examinant les bâtiments aux portails cintrés et aux façades enduites de plâtre rose. Elle connaissait le processus. Encore une année de vie là-dedans à parcourir ces couloirs, tout en se sachant différente de tous ceux qui l'entouraient, alors qu'elle se donnait tant de mal pour paraître semblable…

Ce n'était pas difficile. Les humains n'étaient pas très futés. Ça demandait juste un peu de concentration.

Elle venait de reprendre le chemin du bureau, lorsque retentirent des voix derrière elle. Un petit groupe d'étudiants s'était assemblé devant le parking.

– Attention, n'y touche pas !

– Tue-le !

Thea se joignit sans bruit à l'attroupement. Mais quand elle vit ce qu'il y avait à terre au bord du trottoir, elle effectua trois enjambées de plus pour se trouver juste au-dessus.

Oh… qu'il était beau ! Ce corps long et fort… cette tête large… et ce chapelet d'anneaux vibrants sur la queue qui émettaient un bruit de cocotte à vapeur ou de maracas remplies de graines.

Le serpent était vert olive, le dos orné de larges losanges. Ses écailles semblaient brillantes, presque mouillées. Et sa langue noire oscillait si vite…

Un caillou passa en sifflant devant Thea, pour tomber à quelques centimètres du reptile, dans un nuage de poussière.

En levant les yeux, elle repéra un élève qui reculait, l'air à la fois effaré et triomphant.

– Arrête ! dit quelqu'un.

– Prends un bâton, conseilla un autre.

– Ne t'approche pas trop.

– Tue-le !

Une autre pierre passa en trombe.

Autour de Thea, les visages n'affichaient pas d'expressions menaçantes. Certaines étaient curieuses, certaines, angoissées, d'autres, aussi dégoûtées que fascinées. De toute façon, le serpent ne s'en sortirait pas.

Un étudiant aux cheveux roux jaillit, armé d'une branche fourchue. D'autres ramassaient des cailloux.

Je ne vais pas les laisser faire, songea Thea. Les serpents à sonnette étaient plutôt fragiles, et leur colonne vertébrale, très vulnérable. Ces étudiants allaient le tuer sans vraiment le vouloir.

En même temps, l'un d'eux pourrait bien se faire mordre dans la bagarre.

Et elle n'avait rien sous la main… pas de jaspe contre le venin, pas de racine d'armoise pour apaiser l'esprit.

Tant pis. Il fallait intervenir. Le garçon à la fourche tournait en brandissant son arme, tel un lutteur guettant une ouverture, encouragé par les autres, qui lui disaient de se méfier tout en le poussant à y aller. Le serpent ondulait en agitant sa langue, à une telle vitesse que Thea n'arrivait pas à suivre. C'était dément.

Laissant tomber sa besace, elle alla se glisser devant le garçon roux. Elle le vit s'affoler, elle entendit les autres lui crier de s'écarter. Se concentrer…

J'espère que j'y arriverai…

Elle s'agenouilla devant le serpent qui se lova dans une attitude menaçante, le haut du corps dressé en spirale, la tête et le cou tendus évoquant un javelot prêt à jaillir.

On se calme…, songea-t-elle en fixant les yeux dorés, fendus comme ceux d'un chat en pleine lumière. Elle leva lentement les mains, les paumes tournées vers lui.

Derrière elle s'élevaient des exclamations inquiètes.

Le serpent inhalait et exhalait dans un souffle violent. Thea s'efforça de respirer posément pour lui transmettre son calme.

Mais qui pourrait l'aider ? Qui d'autre que sa déesse protectrice Ilythie, de l'ancienne Crète – la mère des animaux ?

Ilythie, maîtresse des bêtes, je t'en prie, dis à cette créature de se calmer ! Aide-moi à voir ce qui se passe dans son cœur de serpent afin que je sache quoi faire.

Et le miracle se produisit, une merveilleuse transformation que Thea elle-même ne comprit pas. Soudain, elle se dédoubla, devint à moitié serpent, se glissa dans sa peau tout en restant elle-même, se dressa, furieuse et inquiète, sur le sol tiède, anxieuse, désirant à tout prix gagner l'abri d'un arbuste à créosote. Elle venait d'avoir onze petits et ne s'en était pas encore remise. Et voilà qu'elle se retrouvait entourée d'êtres énormes, rapides, au sang chaud.

De gros êtres vivants… beaucoup trop près. Qui ne réagissent pas à mes menaces. Il va falloir les mordre.

Le serpent n'avait que deux réactions possibles face aux animaux qu'il ne mangeait pas. Secouer la queue pour les faire partir avant qu'ils ne vous marchent dessus, ou s'ils ne partent pas, frapper.

Thea tendait toujours les mains en s'efforçant de communiquer avec le reptile. *Sens-moi, absorbe-moi. Mon odeur n'est pas humaine. Je suis fille d'Hellewise.*

La langue du serpent lui caressa la paume. Les pointes en étaient tellement fines et délicates qu'elle les sentit à peine.

En revanche, elle put constater que le reptile commençait à s'apaiser, prêt à s'en aller. Encore un peu, et il obéirait quand elle lui dirait de battre en retraite.

Mais derrière elle s'éleva un nouveau remue-ménage.

– Voilà Eric !

– Salut, Eric. Regarde : un serpent à sonnette !

N'y fais pas attention, songea Thea.

Une nouvelle voix s'éleva, lointaine mais qui s'approchait :

– Laissez tomber, les gars. Ce ne doit être qu'un serpent taureau.

Un flot véhément de dénégations monta autour de Thea. Elle sentit que le lien avec l'animal commençait à se distendre. *Reste concentrée…*

Mais comment rester concentrée face à ce qui se produisit soudain ? Elle entendit un pas rapide. Une ombre se projeta devant elle. Puis retentit une exclamation.

– Un serpent à sonnette de Mojave !

Alors, quelque chose la frappa, l'envoyant rouler sur le côté. Cela s'était passé si vite qu'elle n'avait pas eu le temps de se retourner. Dans un éclair de douleur, elle atterrit sur un bras. Le contact avec le serpent s'était brisé.

Ce fut à peine si elle eut le temps d'apercevoir une tête verte couverte d'écailles, les mâchoires grandes ouvertes sur des crocs énormes, qui foncèrent se planter dans la jambe du type qui venait de l'écarter d'un coup de pied.

Enfin en poche !

Tome 1 : Étranges pouvoirs

Son pouvoir est un don...
ou une malédiction

Imprimé à Barcelone par:

CPi
BLACK PRINT

Dépôt légal : mai 2012
ISBN : 978-2-7499-1540-1
POC 0022